金粟轩

纪年诗初集

南怀瑾 著述

復旦大學出版社

本书为南怀瑾先生自十五岁至七十岁，闲居随感所作诗词之初编合集，收录他在中国大陆、台湾以及美国等地创作的绝句、律诗、长短句共计五百五十余首，根据不同时期，分别命名为《西行集》《海屋集》《海东集》《掩关集》《美京集》，同时又附录其佛门诗偈、楹联及佚诗数十首于后，可谓诗笔琳琅，洋洋大观，充分展现了南先生超拔敏锐的思想见地和丰富细腻的情感世界。诗歌是南先生思想情感寄托蕴藏之所在，也是弟子们藉以了解南师生命的桥梁，本编所集，皆清凉尘嚣之无上甘露也。

書不盡言
言不盡意
自覺聖智
完成人格

辛卯冬 二〇一一年
九四頑童
南懷瑾

金粟轩纪年诗初集目录

自序

余自幼即好韵文，尤喜于诗，虽多读历代名家诸诗集，然放荡不羁于律，又不善学，故终不能斐然成章。童年受教于乡先生朱师味渊公，每闻其吟哦声，似即于韵律了解于胸之感，实则蒙然也。冠后即行役四方，曾参学蜀中前清诸遗老之间，亦仅喜爱人好诗而自固不能也。且性乐旁骛多门，不拘一格，所谓好学而无所成名是矣。后又经盐亭老人袁师焕仙公之启发，于诗亦别有会心，但又不肯谨严如法。丁年以后，复耽嗜禅道而游心于羿彀之外，视诗为易涉妄语而恐落绮障，又废然而不力学矣。间有所作，亦为执先圣危言危行之诫，徒为微言而隐志其事之动于情者，聊自解烦耳！凡弃而存者，多杂禅道门中蔬笋语，复间以儒林理学之言，穿凿鄙俚，不足以示人，尤不敢呈似于专于诗学之名贤也。今因诸学子为检旧笥，摭拾平昔残稿，编纪年代而存录之，拟为付印以备他日忆旧之观，坚嘱为言，率述数语于其前耳。是亦序乎！

丁卯年西元一九八七端阳南怀瑾书于美东首府之郊

	西藏自治区政协重要
日期	

暑期自修于井虹寺（政洪寺）玉溪书院

早归

西风黄叶万山秋。四顾苍茫天地悠。狮子岭头迎晓日。彩云飞过海东头。

此于师旧箧中收得童年作品之一，时年方十五，自读于山寺，晨起返家取书途中作。（编记）

简朱筱戡兄于南京

秋水伊人消息杳。江湖作客马蹄轻。秦淮风月西湖柳。一样飘零太瘦生。

十载以还，书卷戎马，行迹靡定，诗文稿本，或遭空袭而毁弃，或因人事而散佚。况素性不羁，每视此为雕虫小技，卑卑不足道者，稍纵即逝，作后即不复顾。卅六年元宵返里省亲，与总角同学林君梦梵晤于春宴，梦梵醉中诵出余在廿五年就学杭州时，寄朱璋兄一绝，重复追忆，虽时异意易，亦十二年来之韵事也，特录以志旧。朱璋字筱戡，余师味渊先生之公子，时任职于教育部，余年方十九，正喜舞文弄墨时也。（师自旧注）

西行集

过蛮溪

乱山重叠静无氛。前是茶花后是云。的的马蹄溪上过。一鞭红雨落缤纷。

廿八年秋，在西南边疆从事垦殖事业，此为率部过蛮溪之作，书生结习，文字因缘，一时兴会，早已忘记。迨卅五年在五通桥时，遇张尔恭县长，话及前事且云「可社」同人集，收有此诗。断简残篇，无足重轻，岂料为好事者检拾，徒增怀旧之感，乃重为录之，以免他日追忆也。（师自旧注）

务边杂拾

东风骄日九州忧。一局残棋尚未收。云散澜沧江岭上。有人跃马拭吴钩。

千岩万壑猎天骄。列队梯山士气豪。深夜鸣笳亲校阅。魑魅惊走錸弓刀。

阵云乌合不成军。草泽流亡习气深。闲取翼王
遗墨读。剧怜成败论初心。
铜鼓争传年少名。江山毕竟属书生。雕鞍归带
斜阳影。偶一扬鞭北斗横。
竖子中原竞姓名。隆中何处觅先生。星河刁斗
征旗动。叱咤风云变态横。
挥戈跃马岂为名。尘土事功误此生。何似青山
供笑傲。漫将冷眼看纵横。

抗日之战初起，师年方弱冠，即统驭戍卒，在川康滇边境，从事垦殖事业，此为当时指事之作，久弃旧箧，及迁美京，经同门收拾行李，抄录保存。师谓少年之作，未免霸气，不足观云。同学等则谓由此可窥师之往迹，爱不忍释，如：「何似青山供笑傲，漫将冷眼看纵横」，已见其出尘之想矣。（编记）

入峨嵋闭关出成都作

大地山河尘点沙。寂寥古道一鸣车。薰风轻拂蓉城柳。晓梦惊回锦里花。了了了时无可了。行行行到法王家。云霞遮断来时路。水远山高归暮鸦。

过龙门洞

穿云冲破几重天。踪迹空留岭外烟。试上龙门回首望。不知身在万山巅。

癸未之夏，师毅然辞职而入峨嵋闭关，经由龙门洞入山。（编记）

秋日四律步傅真吾先生原韵

漏夜浸寒不畏霜。临流看月泛溪长。迎人处处皆通路。卓杖山山是故乡。陶令情因三径菊。
枯禅念系几茎香。分明亘古闲田地。何事敲空
问断常。

云作锦屏雨作花。天饶豪富到僧家。住山自有
安心药。问道人无泛海槎。月下听经来虎豹。
庵前伴坐侍桑麻。渴时或饮人间水。但汲清江
不煮茶。

崖巉风细草惊秋。洞雅何须百尺楼。月冷高梧垂
玉露。花浮流水泛金瓯。数声钟罄啼猿鹤。一席
溪山笑冕旒。闻道阎浮开木樨。几回游戏到神州。

醉染霜林几树红。善来双鸟解巢空。分明凡圣无优劣。妄指西东有异同。扶杖人归天上月。呼群雁叫岭头风。洞门偶一读黄老。谁在拈花微笑中。

此四律，乃师在峨嵋闭关期中，傅常真吾先生特自重庆入山相访唱酬之作。不意三十年后，师住台湾，固有东西精华协会之创设，殆亦巧合也。（编记）

归雁

转身冰雪清凉界。万水千山自在飞。浅渡危矶斜照远。芦花明月任高栖。

此为师在峨嵋闭关三年后，出关之志记也。（编记）

乙酉 1945

乙酉岁晚于五通桥张怀恕宅

去国九秋外。钱塘潮泛悬。荒村逢伏腊。倚枕听归船。戍鼓惊残梦。星河仍旧年。人间复岁晚。明日是春先。

丙戌 1946

丙戌春二月，时寄居五通桥多宝寺，赠李秀实居士

几回行过茫溪岸（五通桥溪名）。无数星河影落川。不是一场春梦醒。烟波何处看归船。

丙戌重阳后七日，于川东大竹县文昌阁桂香殿禅七圆满，留别诸子

作佛称王儿戏也。寻僧携杖破山头（明末破山海明禅师故寺在大竹双桂堂）。几回行过婆娑界。桂殿秋高且一留。

赠曾宪民禅人

几番走过曹溪路。错认梅花被雪谩。叵耐西来胡眼碧。无端偏又教人看。

丙戌秋，自蜀赴滇，抵陪都，游北碚温泉，留别蜀中耆宿伍心言秘书长

历尽嶓岷蜀道难。欲归翻觉世途单。多情偏是温泉月。照到离亭去客车。

离川前夕，偶于渝州遇故人潼南田书记长肇圃，五载睽违，聚散如梦，戏题赠别，调寄鹧鸪天

云水萍飘岂偶然。九年足迹遍西川。管他鬓到秋边白。落得人间月似烟。肠空转。事难全。又入阎浮欲界天。樽前酒醒荒唐梦。君向潼南我向滇。

飞昆明途中 前调

今古英雄丑末妆。歌场舞榭少年狂。漫过圣域

贤关外。却笑如来苦自忙。为底事。试思量。无端飞渡水云乡。晴空万里昆明海。回首巴山天那方。

同苏局长子鹄游龙潭

缘何匹马投南国。有约来游苏氏庵。寂寞杨林兰茂宅（兰茂字芷庵，滇之高士。）。依稀滇海汉征鏂。河山如画供吟咏。风月无端任意参。前路低徊开倦眼。澄潭吾欲起龙酣。

杨林：昆明禹甸村外地名。此处另有一龙潭，而非昆明郊外之黑龙潭。

禹甸村闲步

侧帽绕村自在行。遥空泼墨几峰青。多情肯乞
龙潭水。倒悬天河洗甲兵。

有寄

一自魂消那壁厢。梦回苦海总茫茫。灵山乞得
无心药。便是人间离恨方。

海屋集

自昆明乘机至上海，转杭州，再归故里省亲

昨宵飞渡昆明海。今日重来西子湖。万里蜀山行已遍。斑衣菽水及时趋。

自上海乘轮船至温州

那得闲情强说愁。鲤庭空说十年游。归来且作毗耶默。坐看沧洲月上钩。
维摩有习天花乱。业海浮沉三十年。西去东来缘底事。红炉点雪几圈圈。

侍亲闲居

也贪书剑也贪眠。已了娑婆未了缘。累我浮名

留踪迹。为谁着相说参禅。宁安白版甘长隐。那得青山不卖钱。一派圆澄天上月。任他随意到人前。

翻放翁道院遣兴原韵，并奉普传炼师。

览镜新霜未可惊。卅年悔不学春耕。青城滟滪饶归梦。白发高堂绝宦情。浮世尚堪供把玩。安心谁说是修行。莫言别有无为道。且听潮生闹市声。

自题照影

前因后果问如何。眼阔心空且放歌。浮海十年家国事。闲情留取付梨涡。
不二门中有发僧。聪明绝顶是无能。此身不上如来座。收拾河山亦要人。

简倪燮勤老居士步原韵

十载归来过鹿城（永嘉又名鹿城）。闲观道眼孰分明。头陀已去江湖乱。且向风波险处行。
游戏身轻一叶舟。了无彼岸可回头。千岩万壑无踪迹。亘古沧波日夜流。

此皆丁亥年间，师居故乡时之作，世变日亟，家国感言，语多成谶。（编记）

修辑家乘，过黄岩，赠横菱诸族人

千秋踪迹说迁移。功业文章两不期。山郭水村宜旧隐。家愁国计费迟疑。英雄落魄思丹诀。名士逃禅作遁词。为语横菱诸父老。善因好结子孙枝。

展拜横菱宗祠

梅雨初收带笑天。薰风吹暖过菱川。穷源为访开祠主。认取恩勤缔构年。

横菱族妹怀素乞诗即景

风前含笑问归期。春草池塘饶梦思。伫看衔泥双燕子。画廊无语立多时。

瓯江舟次

扁舟朝发日轮边。柔橹声声浪正恬。潮阔沙平鱼喷沫。山横风静树笼烟。双昆点翠三帆影。万里空青一线天。弹指大千无寸土。此身已过九重巅。

道情

空王寂寞欲何为。绝顶聪明绝顶痴。千古人情同鬼域。夜深无处不成悲。芙蓉城畔梦迟迟。绝顶聪明绝顶痴。万丈游丝撒帝网。月明柳岸记当时。

生前身后有何疑。绝顶聪明绝顶痴。墙内梅花墙外月。教人辛苦作相思。

慈云普覆出莲池。绝顶聪明绝顶痴。金鸭添香深夜坐。空阶疏雨注军持。佛经称净瓶为军持。

游委羽山第二洞天

江山如画霸图艰。委羽飞升亦等闲。欲向黄岩寻黄石。密云欲雨又还山。

瓯江舟中适逢选举事有感

人间何事未忘情。到处儿曹斗狗声。彼岸渡江人一个。梦回已过数峰青。

画莲

莲叶田田花好时。莲心苦处有谁知。可怜一颗西方种。陷向污泥无主持。

初游台湾杂咏

躲尽危机息尽狂。一苇东渡近扶桑。波涛汹涌三千界。何处龙星现远方。

珠履樱花海国春。千秋成败等浮尘。何期蜀道归来客。犹是天南万感身。

十载身同萍梗轻。东西南北任纵横。少年壮志消磨尽。赢得心如水镜清。

闻道延平破浪来。八千子弟亦雄哉。沧桑历尽渔翁老。如此河山更可哀。任人疑忌任诽哗。沉醉蓬莱卖酒家。浪掷千金还一笑。凭栏无语问天涯。基隆下雨台中晴。又是车厢一日程。远客孤怀言不得。中原涕泪有苍生。

庐山天池寺

此皆师旅台三阅月之作，时在戊子春夏之间。旋返杭州，住庐山，秋后到京陵，辞人挽请出山，再回灵隐天竺，寄住灵峰。（编记）

文殊塔顶月轮弯。独立天池第一山。只是片云留不住。又为霖雨到人间。
南山雷雨北山晴。空谷流泉作吼声。无意岭头云出岫。有心天外月分明。

庐山梦陟好崔嵬。十载曾经两度来。每过江西一惆怅。禅门寥落道门哀。

百花洲感旧

十年重到百花洲。零落残红似旧游。黄菊凋残人影瘦。唯留明月照高楼。

灵峰闲居

乾坤摇荡感春婆。石径凝霜携杖过。岂是留情峰上色。秋深黄叶已无多。
曲折盘根几树梅。虬鳞松下再徘徊。不知云鹤
高飞后。何日风尘归去来。

来鹤亭感怀

湖山只合漾流霞。谁遣英雄作帝家。刍狗生灵
添碧血。风云浩劫播虫沙。丹枫十月薰人醉。
霜叶三秋感鬓华。一杵钟声忘万象。空亭鹤去
夕阳斜。

浮海去台湾前夕留别巨赞法师于灵峰

亭映山青湖映霞。骄花媚柳怨悲笳。黄昏鹤去

梅魂冷。一杵钟声亿万家。
漫言此别意如何。莫道樽前感慨多。相对唯怜
梅有骨。冲寒犹自舞婆娑。
铜驼血泪渍苍苔。拄杖芒鞋几劫灰。记取灵峰
峰上色。风尘何日鹤归来。
英雄菩萨两蹉跎。却悔重来恨转多。欲起威音
话尘刹。谁云红粉是天魔。
客中送客真无赖。愁里悲秋只此心。国计家筹
都不了。入山何处白云深。

海东集

基隆旅怀

三年尘土染衫青。何似空山破衲僧。检点行藏无一是。辜恩愧煞佛前灯。
狂歌醇酒陪愁浓。不醉花前醉梦中。无奈梦回人独醒。斜风细雨满基隆。

示禅者

自是痴憨别有真。柔肠侠骨累闲身。翻残贝叶思无著。收拾残灯剩一人。
深宵细雨几声钟。梦绕峨嵋绝顶峰。解缚闲情谁是我。撩人花影一重重。

不求解脱出红尘。声色场中自在身。光透头颅终是幻。云腾足下未为真。桃花春树年年绿。流水高山处处新。试指神通玄妙境。穿衣吃饭一忙人。

宿七堵法严寺

浮生百感鬓添华。半日偷闲似出家。丈室云烟参禅悦。漫天风雨舞龙蛇。寂寥古道空人迹。隐约雷声走电车。依旧低眉开倦眼。江山如画画如麻。

读客示嘉陵山水图

峨嵋山顶一轮明。照到人间未了情。回首嘉陵
江畔路。心随帆度蜀山青。

山中留题

寄身天地一沤轻。禅院风吹钟磬声。似梦浮生
梦是幻。无言独对一峰青。
西风吹起劫尘灰。残梦惊回百事哀。惟有青山
终不改。点头不负故人来。

赠唯识学者

无著何言付世亲。眼光随指自升沉。绳蛇更说
杯弓幻。四壁空山一院尘。

再宿法严寺即事

一鹤冲霄意未空。羽衣零乱自西东。山中再扣禅关寂。云影波光乱夕红。

忆禅人印华法师

印心促膝记当年。定起绳床月满天。几点腊梅花欲蕊。经窗相对两无言。

癸巳母难日

癸巳
1953

堕地匆匆卅六年。四恩未报事如天。栖皇遁世谋常拙。离乱苟全难息肩。道力徒增衰鬓改。情怀犹为世缘颠。苍茫四顾苍生泪。何日人归浮海船。

寄赠香江灵源法师

中江一别几经春。每望禅房花木新。行遍天涯我已倦。荷担大法有何人。

游台北观音山

青山如髻髻如拳。万里云涛海接天。幽径闲花观自在。和风微雨到门前。入山何处白云深。多少迷途苦觅心。却喜闲身无一事。巉崖独坐听鸣禽。

送老友朱杰人披剃观音山凌云禅寺

君自入山我出山。红尘不及白云闲。拈来一瓣无花果。选佛场中独往还。

再到基隆大觉寺，为岭定名，曰：灵源

雨后云霞气象新。呼朋再访岭头春。灵源山色清如许。犹照尘劳梦里人。

一笑

飘零故国三千里。潋滟心光色界天。一笑疑云疑雨散。菩提已熟几多年。

夜读书怀

少小心雄百万师。却惭文史掩男儿。十年蜀道惊人险。一觉曹溪感梦痴。贝叶抛残悲见浊。

阴符读罢识安危。可堪结习情难尽。故国河山有所思。

自台北返基隆晚归

吹彻箫声谁赏音。科头箕踞作龙吟。自知袴下齐都屈。不是乘田柱下心。

即将迁居台北前夕，基隆夜雨，闻邻歌

有感

高楼兀坐客心惊。怕听邻家点绛唇。万里声名消霁雪。十年成败等浮尘。愁云遮断相思树。秋雨缠绵飘泊身。却顾青衫凝剑气。低昂天地

一闲人。

与客谈兵书感

东风吹起阵云高。横海挥戈撼怒潮。禹鼎背时据狐鼠。神州触目没蓬蒿。一天霖雨敛尘土。万里春风解战袍。撒手功成归去也。白云青嶂种蟠桃。

旅台法友祈祷贡噶呼图克图上师降诞法会

颂词

曾记雪山拜座前。破颜授我秘玄篇。三玄椎击无言说。五乘提撕有别传。师曾为我预授大小乘戒。衣钵蓉城留梦影（成都大慈寺万佛楼）。花钿滇海染尘缘。临行俯耳叮咛语。负荷艰难子自怜。

苦海茫茫祝再来。百城楼阁待师开。双垂玉箸传踪迹（闻师被逼圆寂时，玉箸双垂。）。一瓣心香拜劫灰。佛国山河终不改。魔宫伎俩已将摧。三生重话因缘日。头白飞骑到讲台。

酬简

贡噶活佛乃康藏密乘大师，师曾依之习密法，因缘甚深，诗中内蕴大师密迹事，师尚未亲自让出。（编记）

菩提世味两忘情。热尽肝肠不是冰。巽地双眉心战息。云山何处寄余生。

一枕蒲团梦不成。破颜道眼孰分明。象王远走青狮伏。辜负曹溪海底行。

道心难净世情浓。重法谁尊舜老翁。带锁披枷人不识。独留踪迹妙高峰。

此生且了一缘悲。把本修行莫待时。再世重来倘煅炼。红炉辣棒为君施。

和黄陂胡庸玉书师七十自寿四律，步原韵

双丸梭织寿鸿蒙。扪虱谈兵志不空。百战风云留首白。千觞霜叶醉颜红。难逢亭长言奇计。羞向沙场论狗功。一事胸怀终耿耿。中原涕泪

望师东。

颇牧韬钤佚史名。角巾读易足平生。行歌蜃市

甘箍桶。归思陂塘望耦耕。早识六爻尘外志。

迟他一甲梦中荣。殷勤敬上南山颂。却愧阳春

莫敢京。

用舍行藏总是仁。天留绝学寄闲身。阴阳象外

疑无数。日月壶中别有春。黑白楸枰都了了。

纵横朝市看人人。漫言今昔高轩客。多少亡秦

不帝秦。

挥戈横海起朝晖。白发雕鞍踏翠微。塞北秋高

髀肉瘦。江南春困鳜鱼肥。沼吴岂惮卧荆棘。在莒无嗟采蕨薇。入梦飞熊应不远，及时恭祝古来稀。

挽定妙法师（朱杰人老友）

全交生死见情亲。握别依依最后身上人入灭时，师亲为握手说法助念。。物化早知根是幻。弥留确信色非真。诗魂应识三生约。禅寂空无六道轮。光影门头观自在。须教认取本来人。

戊戌
1958

戊戌元旦书感

卅年半在乱离中。惆怅时艰道未穷。云月溪山

己亥
1959

知己少。经纶天地霸才空。春光照眼襟怀淡。
风雨催人剑气浓。默尔遣烧龙脑坐。举头忽见
日初东。

己亥立春

万人如海且藏身。明月湖山驰梦尘。不是逃禅
心已懒。年来料理自家春。

己亥元宵

来往双轮转徙忙。沧桑阅历付清狂。萧斋半壁
图书架。敷座低眉展眼光。

为田英英之云题绘仕女图捡于弃稿丛中

微风细雨一丝丝。拂柳飘香长短垂。生怕东皇
轻聚散。护花栏畔立多时。
参透繁华一指禅。晓妆偶复著花钿。分来南海
菩提子。开出人间并蒂莲。
轻寒消瘦小腰围。红绿枝头映晓晖。最恐微尘
吹万象。瑶阶清浅不如归。
残梦惊回懒欠伸。纱窗丽日照芳茵。青林疏落
浮山远。悟彻莲池小谪身。

闲居杂咏

芥子须弥风马牛。苍茫天地一浮沤。鹧鸪啼破

空山静。晓月垂杨古渡头。
泠泠天风吹袂单。惺忪手把斗牛寒。五千年事
三千界。尽作南华一梦看。
阑珊书剑座生春。禅榻茶烟劫后身。几欲乘风
归去也。不堪风雨乱红尘。
一袭轻帘草色青。中天月朗照空庭。晨鸡何事
催人旦。出定翻疑梦似醒。
扰攘人间劫火浓。江山如画剑如虹。宵来隐约
星河动。寂寞天心露几重。
斜篱野草点苍苔。一任天花动地催。柴米残铛

聊守拙。春风莫度是非来。
名山养道事难凭。衰世何由续慧灯。槛外风云
天地仄。一盦曲肱梦卢能。
一枝开向百花头。舒展临风总自由。多少寻春
来往客。随人指点说沉浮。
闲来信步一嚬呻。巷尾街头不见人。门外小溪
流尽浊。浪花宛转白如银。
源头不动总清闲。一滴涓涓变溪潺。万转千回
难自惜。奔流终古到人间。
春雨萧疏不解晴。寂寥深巷卖花声。浊醪小醉

人如玉。一室琴书意自轻。

海色天光共湛清。卖花到耳两三声。垂帘不放

春归去。一朵枝头向晚晴。

勘破荒唐是大雄。开怀一任往来风。多情原是

菩提种。人在圆明微笑中。

定起偶赋

晴空碧落净无尘。四顾星丸逐转轮。微笑清风

生袖底。彩云如絮点衣新。

遥天偶尔驾鸾翎。上下苍冥一望青。游戏几经

沧海碧。人间醉梦最难醒。

天心人事两茫茫。袖手无言且退藏。每欲翻身攀北斗。倒提银汉洗澜狂。

酬简

红上桃花绿到茶。海天随处漾流霞。春光无限留踪迹。只是忙人不见他。

富贵功名本偶然。非关人事岂由天。平生自有安排定。游戏娑婆不计年。

戏赠道家妄信双修丹法者

天台有路通刘阮。江上无舟渡裴航。玉杵声中花滴露。神仙羡煞野鸳鸯。

有自印度寄密禅双修新著，阅后即题

冰肌玉骨立晶除。明月芦花映雪裾。透剔玲珑

心似水。恰知空色应非渠。

石扇初开菡萏红。扬睛努目走蛟龙。惊雷一夜

长空净。只在庄生吹万中。

十案分齐作四层。机权巧设亦难能。极怜屋破

牵萝补。愁煞胡来一老僧。

偶成

年年客里数春期。五岳峰岚绕梦思。极目湖山

关塞远。烧天魔火旅途迟。有家漫说为身累。

无想忘情是道愚。闲起振衣临日月。复何世事可攒眉。

张起钧教授旅美来函（十月）

蒹葭秋水倍思人。一纸飞传喜亦惊。万象劳人终草草。剧怜天海话酸辛。

诗思

闲云吹絮到禅关。一点灵犀识九还。已了尘缘空色相。又留好梦在人间。独坐清斋意可通。明窗天宇有无中。个中消息无多子。情到真时恰是空。

遣兴

家国千秋业。河山万里心。斜阳思古道。寥落抚鸣琴。
世界微尘里。孤灯有所思。深宵空寂寂。独听雨丝丝。
吞吐清灵气。心闲玉笈文。九还丹未熟。空负去来云。
去国九秋外。支离二十年。风尘双鬓改。心月一轮圆。

子夜读参同契

玄圃云深药未锄。神灵呼吸太清虚。搴帘偶共神灵语。明月窥窗读道书。

晴空万里澈清微。碧落无垠身欲飞。阵阵春风吹过了。轻移明月入帘帏。

回车

阅尽沧桑意已灰。出门携杖又归来。剧怜世路多荆棘。独立云阶百感摧。

禅宗颂

历历侵寒炉火红。乾坤摇荡似孤蓬。千差尽自几微起。万象都归一念空。物我两忘终滞寂。身心透脱出樊笼。拈花谁识西来意。说到西来又向东。

定慧颂

心心念念不得住。何事空留定慧名。万象隙中飞质点。千差水里混胶青。涅槃生死浑如梦。烦恼菩提些许平。饭罢垂帘高卧稳。不知人世几曾更。

赠别

年年离乱感沧桑。春梦惊回几断肠。四海无家亲友散。万方多难旅途长。青山何处停云住。浮世空劳走马忙。手抚残编唯一叹。匣中剑气已敛光。

庚子二月漫步台北南门古城楼

宝马香车不再逢。剧怜蜗角大王风。浑忘东汉中兴主。却是南阳田舍翁。名士新亭悲往事。英雄淮海泣途穷。何如别有千秋业。尽在箪瓢曲肱中。

楞严经颂十七首

阿难绮障颂

紫陌芳尘日转斜。琵琶门巷偶停车。枝头罗绮春无限。落尽天人一夜华。

好梦初回月上纱。碧天净挂玉钩斜。一声萧寺空林磬。敲醒床头亿万家。
碧纱窗外月如银。宴坐焚香寄此身。不使闲情
生绮障。莫教觉海化红尘。

七处征心颂

羊亡几度泣多歧。错认梅花被雪迷。疑假疑真
都不是。残蕉有鹿梦成痴。
一枕沉酣杜德机。尘埃野马乱相吹。壶中偶放
偷天日。照破乾坤无是非。

观河之见颂

华发无知又上颠。几回揽镜奈何天。离离莫羡

春风草。落尽还生年复年。生死无端别恨深。浪花流到去来今。白头雾里观河见。犹是童年过后心。

八还辨见颂

碎却菩提明镜台。春光秋色两无猜。年来不用观花眼。一任繁华眼里栽。不汝还兮更是谁。儿时门巷总依稀。寻巢犹是重来燕。故傍空梁自在飞。

三科七大心物齐观颂

鱼龙鹏鹍互相催。瞬息千秋自往来。小坐闲窗观万化。乾坤一马走云雷。

万物由来自不齐。南山高过北山低。空明虚室

时生白。子夜漫漫啼木鸡。

二十五圆通颂

谁教苦自结同心。魂梦清宵带影临。悟到息机

唯一念。何须解缚度金针。

妙高峰顶路难寻。万转千回枉用心。偶傍清溪

闲处立。一声啼鸟落花深。

秋风落叶乱为堆。扫尽还来千百回。一笑罢休

闲处坐。任他著地自成灰。

教理行果颂

游戏何妨幻亦真。莫将魔佛强疏亲。心源自有灵珠在。洗尽人间万斛尘。

欲海情波似酒浓。清时翻笑醉时侬。莫将粒粒菩提子。化作相思红豆红。

几年魂梦出尘寰。浊世何方乞九还。一笑抛经高卧稳。龙归沧海虎归山。

庚子
1960

庚子冬寒夜译楞伽经即赋

风雨漫天岁又除。泥涂曳尾说三车。崖巉未许空生坐。输与能仁自著书。

灵鹫风高梦里寻。传灯独自度金针。依稀昔日祇园会。犹是今宵弄墨心。无著天亲去未来。眼前兜率路崔嵬。人间论义与谁证。稽首灵山意已摧。青山入梦到平湖。外我为谁倾此壶。彻夜翻经忘已晓。不知霜雪上头颅。

按：此皆一九六〇年冬至一九六一年春间，师译楞伽经时之作。

凌晨起坐

迟眠晏起习相违。万丈心光静掩扉。何事庄生疑蝶梦。由来醒梦两俱非。

蓬莱新村晴日

幽兰香嫩蕊初迟。小院薰风取次吹。午梦慵回琴韵倦。闲阶柔柳拂轻丝。

菩萨蛮别调

一奁卧疾情萧索。闲阶花影帘前落。回首望天涯。人间岁月赊。调筝归读女。弦管轻轻语。声色尽禅机。春光满院晖。

名医师崔玉衡数十年来醉心禅密诸佛学，心颇自负，乞诗自勉，捉笔为书一律，工拙不计也。

药师过后医王寂。伯乐难留马群空。行遍天涯寻道侣。归来海外捉飞鸿。剧怜举世匆忙老，那得人间淡荡风。云饼乍香茶尚酽。与谁稳坐大雄风。

算命用古韵

二十年来阅士曹。英雄事业学偷逃。人人忧患家家怨。乱世空谈命一条。

诸子有悲时局，愤慨人事来言者，借事属辞，用相诫勉

伤时何苦志成灰。先圣心灯待续开。谩骂文章多意气。当时何必读书来。

腾跃饶他早著鞭。从容安步任天然。参差万象原空相。稽首南华第二篇。
滕王一序传千古，帝子何如孺子文。踪迹偶然
临旧阁。江风云树好愁人。
火宅危楼早识机。还为雏羽啄春泥。多情争似
南来燕。故傍空梁犹倦飞。

忆西湖

一曲清歌一叶舟。采莲人在白蘋洲。六桥杨柳
丝千缕。不绾春风锁远愁。

示答巫生

谤随名高名本空。何须息谤说西东。须知千古

功勋业。不在戋戋文字中。
平生顺逆有前因。莫向尘劳动爱嗔。纵使盖棺
何定论。由他管见说闲身。

偶兴

悟迷自笑镜中头。芥子须弥意已休。别有情怀
寄万古。春风遮莫上高楼。
故国沧桑梦亦愁。云山钟鼎两悠悠。苦撑天地
空双手。历尽人情白了头。
清宵寂寞倚阑干。斗转星横夜色寒。疏落虫声
隔花影。照人有月到天南。

辛丑人日之夜

寂寥心事语何人。静夜孤怀倍觉亲。春雨连绵愁似水。海山断续梦成尘。冲霄犹滞丹难熟。涸辙尚馀道未贫。何日青山偕旧隐。不从世路逐蹄轮。

辛丑母难日

濯足原无补。超群事可悲。卌年唯独立。一样是痴儿。白发存疑信。青灯对泪垂。舍身难自忏。功罪两无辞。

谢客

微躯病骨苦撑持。好客清谈情更痴。学道无成聊守拙。入山有意奈何时。百般着相妄言佛。万念难空又作诗。莫误虚声劳过访。乞留残命为妻儿。

苍松

移根小谪到尘寰。遍入千山与万山。劲节不随寒暖变。孤标已绝利名关。荣枯汉寝唐陵色。血泪丹青彤管斑。独许白云留笑傲。洞门相对老僧闲。

自少同埋藤蔓群。今时逐渐出凌云。寻常天予栽培力。曲折人知斑驳文。未入吴宫为殿柱。

幸余灵窟避轮斤。延年不羡黄精侣。根柢茯神
已化文。
樗栎无材语社公。枝栖化鹤日方东。铜驼零落
中原鹿。戎马荒凉天下弓。饵朮散香供蝼蚁
膻腥逐臭赌英雄。低徊却顾莲池侣。晓月晴空
淡荡风。
雁湖金顶路西东。眼底儿孙夺化工。晴日每为
荫天下。云雷犹自拄鸿蒙。闲吹瑶岛神仙韵。
静吐灵山补衲风。惆怅迷途诸鹤侣。乾坤终古
一苍穹。

枯桐焦尾岂相知。稷稷时和天籁吹。突兀徒夸高士传。清癯争道列仙奇。飘香淡泊输丹桂。捣药浓芳齐紫芝。间或甘为梅竹友。雪中送炭莫嫌迟。

前题

移根偶谪到尘寰。遍入千山与万山。自少盘桓三径菊。长成曲折五星圜。天机汗漫吹人籁。世路崎岖入道关。点缀百花为侣伴。玉清早熟九还丹。

枉把虬龙比骨奇。还将乔木妄相宜。出尘怀抱三千界。脱俗心仪百世师。林下观棋闲落子。

风前放鹤偶横枝。荣枯阅历春常在。借与人间作颂词。

前作苍松五律，旬日后，以意犹未尽，复补二律。孙毓芹教授来言，海外有人适以松寿为词，有戏将后二律托名应征云。余笑谓：此二律非人位中事，无天爵清福者，则大不宜。

辛丑剩稿

几家爆竹响清宵。彻夜无眠感慨遥。半世行藏还宿债。一行颠沛坐清高。祥光灿烂满空青。绝代仙缘未了情。仿佛百灵齐庇护。书成下笔有神明。灵鹫风高旧迹登。禅参北秀与南能。当时行脚江湖日。遍访名山苦行僧。

此为弃稿，无题，并晴窗、子夜二绝，皆是同门检存，爱不忍弃，故名剩稿。（编记）

晴窗

昨夜车声隐若雷。九天有梦屡飞回。晴窗闲看空阶静。满院春光照影来。

子夜

吹霾风定见天青。坐起经行倍有情。俯仰照临千古月。对人圆缺自空明。

中元掩室蓬莱新村寓处，夜自定起

乾坤混沌智珠圆。子夜无声默照禅。一阵轻雷生顶上。天根月窟露如烟。

晚来雷雨

日长赤地暑蒸尘。向晚初凉意未伸。泥淖疏篱拳尺蠖。风檐短角网蛛轮。乾坤影里开双眼。雷雨声中静一身。手抚琴书言不得。如何天地似无人。

辛丑中秋

人间此夕望团栾。碧海青天月又圆。塞北江南家万里。几多迁客倚栏干。

西风尘净一天秋。有限江山无限愁。别样情怀对明月。不为清赏上高楼。

天阶清澈自登临。碧落无垠月色深。俯仰乾坤闲一画。为谁指点说丹心。

辛丑孟秋，月杪出关，对镜理发，自说偈语

对镜方知我。非他不识吾。昂藏空和合。依附似交芦。漫说天人相。徒夸大丈夫。浮沤尘点质。借此做形模。

前题

对镜方知我。非他不识吾。无云生岭上。有月落平湖。

重阳未及登高书感

登高怅望五湖舟。碧海蓬壶何处游。欲向瑶池寻道侣。愧无灵宝付同俦。丹心照耀通幽显。顽石沉埋懒点头。一粒粟中非世界。江山毕竟不宜秋。

赠居日月洞顶道者

洞中日月梦中身。一样情怀两样春。欲向娲皇求妙诀。如何下手炼真人。

步詹励吾居士自加拿大寄二绝原韵（冬月十二日）

忙中离厌念修行。闲里偏多着相名。道果业缘都不了。有谁辛苦证三生。
幻影沤身习染污。剧怜曳尾落泥涂。不能剔起
眉毛看。生死涅槃自两途。

观棋感怀

闲傍中庭看弈棋。纵横长短斗危机。灵犀一点
迷心窍。蠢子双关徒自欺。筹策已非全局计。
苟安无奈独偏私。旁观不信无高手。叹息痴顽
莫费辞。

程沧波居士六十寿辰

翰墨曾传一代魁。相逢谁信在蓬莱。已无烟火

当年气。犹有文章命世才。眼底云雷参禅悦。
现前风月尽情推。心空寿相真如趣。行到维摩
队里来。

自叹

本来学道要忘情。却被情多误一生。见说真情
是愿力。不知满愿几多程。

登指南宫吕祖殿

少避尘氛意亦清。偶寻仙迹入山行。闲云野鹤
依稀色。春树鸣鸠断续声。缭绕香烟天欲醉。
喧嚣人语俗难醒。指南道侣今何在。扶杖归来

一笑轻。

寄赠刘世绝生日于马尼剌（三月）

小谪婆娑意亦轻。梅花雪月证前生。孤芳故染尘劳色。浊世偏存真性情。到处被人呼菩萨。归来应自识灵明。华年琴瑟心如水。稽首慈云一片清。

春寒

寒流吹破一天春。缥渺烟云幻似真。世味经多心已懒。更无余力化灰尘。

颂佛说金刚经

谁能饱暖付清闲。饭罢蒲团静掩关。洗足不沾尘世界。钵盂空盛月明还。

无事偏教事更多。有劳起座问如何。寻常翻复叮咛语。无住何妨内外魔。

秋思

一年容易又悲秋。独立苍茫无限愁。看到关河馀落日。振衣飞过万山头。

夜起经行

彻夜西风紧。迟明意似痴。踽踽行古道。碌碌欲何之。

理书偶成

四十馀年梦幻身。梅花明月证前因。干戈扰攘悲人我。学术纵横乱旧新。华藏庄严归净土。阴符韬略漫传薪。时难犹作非非想。憔悴书城又几春。

步张礼文居士和人除夕诗原韵

寄旅年年岁又除。停杯无语对屠苏。天经劫运心难挽。世变尘劳意自殊。风雪冰霜思北塞。残山剩水梦东吴。潮流泛滥渔翁老。笑把阴符烹细鲈。

步程沧波居士和人郊居诗原韵

乱离栖息寄蜗庐。慈眼闲观朝市都。笔下论兵轻覆楚。樽前迁客议沼吴。笙歌处处醒犹醉。剑戟时时密却疏。月落绳床方定起。海天蜃气有龙居。

岁晚

岁尾年头律急催。荣枯过眼几来回。江山摇落供怀古。世事支离徒话哀。寒尽劫灰留战火。温存鸿宝住尘埃。冰壶颠倒中天景。日月乾坤

癸卯
1963

任意排。
岁暮阴阳急逝川。悠悠入世意难全。西风吹冷
阵云黯。东壁占春劲草鲜。扪虱谈兵当日事。
画龙点眼此时天。荣枯莫问身如寄。倚枕斋心
午梦禅。

癸卯初春，小集同人，于北投居士林共修
禅静七日，闲来戏语

禅房三载偶留居。红树青山幻太虚。历劫燃灯
薪火在。心池尚有化龙鱼。
满山红树一峰青。下界尘劳梦未醒。独有禅心

对明月。白云无碍碧山亭。

春思

春风又到旧门庭。柳岸溪桥依样青。已是长条
思远绪。况闻短笛两三声。
少年觅句意求清。喜把闲云比此生。阅世日深
心更懒。闲云已是太多情。

赠萧天石兄索诗

蜀道论交缘亦奇。重逢浮海避秦时。十年愁比
河山老。劫火红尘白了眉。

吴生怡前著《人与路》又著《人与桥》二书，乞题

惆怅春残古道遥。西风吹乱短长条。谁家箫管殷勤弄。几处人归路与桥。

花朝戏题

已出污泥欲界天。犹留色相结尘缘。问渠何事情如许。误认三生石上缘。

辞某委员会之聘

一纸飞传作委员。却惭无力负仔肩。人间到处宜为客。免著头衔较自然。

有感

百事思量总未通。只缘身在有求中。不如放下浑无著。一笑归来睡更浓。

闲行示学人

闲行信步意何之。人事天机费所思。市隐岂关处士节。凭空为证大雄奇。虫沙劫运心难忍。著作名山情更痴。寄语飞鸣乌鹊道。风寒莫傍最高枝。

癸卯仲夏，朋辈为居香港倓虚和尚九十迎寿，嘱致祝辞

宗门寥落语何人。古道天台迷问津。浊世惟师

留法相。高僧今传有传人。

癸卯仲夏应诸学子邀，参与台湾师范大学学生毕业典礼，冠盖云集，为众请题句，戏赋俚语两绝，用勉诸生

头巾一领博虚名。我笑头巾误一生。今日乐群堂畔立。莫教俯仰有亏盈。

错认头巾误了人。大多人自误头巾。男儿应有冲天志。不负生民不负亲。

前赠诸生毕业于各大学俚语，意犹未尽，再广前作一绝，掇成一律。内中两联，改古警

语凑成，昔无此格，姑名为胎古体，以博同乐

头巾一领博虚名。我笑头巾误一生。容易折磨才子气。最难消受美人情。人心领略秋云淡。世事曾更蜀道平。今日黉门差自立。不教俯仰有亏盈。

秋思

愿身化作魔中佛。犹恐翻将佛作魔。入世入山都不是。沉沉心事幻微波。

香港大屿山杂咏

沿流入海有孤村。田妇肩舆入佛门。島屿萦回衣带水。远山如发望中原。

花香鸟语似江南。恍惚童年梦亦酣。如此江山

如此夕。兰若姑妄话禅参。

如锦江山总有情。未安欲界愿难平。治平才少

英雄尽。反使儿曹负重名。

青山处处可留人。无奈难安历劫身。天际孤航

归未得。凌风亭畔看红尘。

赴大屿山行前赠刘丕基君（五月五日）

德业事功总一般。由来才命两难全。入山我本

无馀事。为子柔肠几度牵。

癸卯中秋

披衣坐起想非非。四十劳生愿总违。天际冰轮空自转。江山无恙远鸡啼。天风搴幕入禅房。吹皱心池一脉凉。无限尘劳愁不尽。虽然秋思亦荒唐。

记感

百无一是看浮生。惆怅如何度世情。容易安排观物化。最难休息偃心兵。寥天月晦星辰淡。沧海波澄夜气清。上下青冥来往惯。空花散落拂衣轻。

凋伤黄叶又惊秋。尘劫苍茫一粟游。四海云雷横剑气。八方风雨没才流。藏身闹市安天命。托钵沿门拙己谋。稽首华严情世界。星辰摇落动牵牛。

应嘱为孙中山先生九十八诞辰作

百年世事太凄凉。勋业文章亦哲王。失鹿中原悲得失。亡羊歧路叹兴亡。庙堂双十夸形胜。谠议五三诵主张。回首金陵明月夜。青山青史已无疆。

为洪陆东先生七十寿辰征诗

危言危行足持躬。不宠无惊亦自雄。细数时流朱紫贵。古稀今始几如公。今人有倡人生七十方开始之说

沧波居士近来耽诗，屡示诸作，偶赋戏语二绝作答（九月十日）

解脱名场忙未休。文章又动鬼神愁。诗情漫共河山老。惹得天花著白头。

频年学道证空虚。自笑饥驱悔著书。更恐林泉程太史。花间词赋误华胥。

葛乐礼大台风水灾中答沧波居士诗札

风雨连宵来势狂。万家淹没尽张皇。缘何饱食

甲辰
1964

吟诗客。一日三函改字忙。

接中国文化大学敦请教授聘书有感

门外忽传走转车。聘书递送却愁余。自从长揖山林后。又向人间填表书。

癸卯岁除，詹励吾居士自加拿大寄六十自寿诗嘱和，新岁入山禅集，未及赓和。甲辰正月初八，返家料理积牍，即作覆一律

腊鼓声中佳句催。梅花翠竹眼前开。化缘异域思支亮。孝感乡关忆老莱。诗境光明功德海。禅心默照法华台。赵州八十犹行脚。细数松枝

待去来。

义海禅机应不疑。六经三藏足堪师。鸱夷远贾轻冠冕。庞蕴临财重布施。谁说诗工穷可巧。我闻道损学偏痴。天涯地角遥添寿。长养菩提作紫芝。

夜吟

经年忧国更忧民。如许愁多白发生。独醒寂寥贪夜静。迟眠习惯待天明。出尘弥觉情怀重。入世偏愁羽翼轻。相对一灯燃不尽。洪荒喜听远鸡鸣。露华徐步望星河。秋气萧森感逝波。诗兴闲从愁里得。才情歇向定中过。命如可信天难问。世不能全意奈何。四壁琴书消永夜。吹毛有剑不须磨。

阳明山春日赏樱花道中

名山春暖怯轻尘。车逐峰回路转轮。移步换形花事闹。看花人看著花身。

放下方知三界安。六尘和合化神丹。闲来偶向天街立。碧落无痕驾彩鸾。

陈家璧医师赠西贡转来法国种金丝雏雀一对有感

生少西方忽到东。寄身自在小樊笼。乾坤有象垂双翼。天下无藏藐一躬。鹩恋枝栖为斗粟。鹰抟霄汉亦毛虫。鲲鹏鸿鹄休相许。混沌泥涂睡梦中。

重游十方大觉寺

半山兰若见浮图。此地当年片瓦无。穿凿有僧开觉海。飘零贫子失衣珠。沿街闹市蜃光影。歇脚桑门造化炉。欲唤龙天相共语。重来依旧是真吾。

倒却刹竿是道场。黄花翠竹费商量。谁云百草锄边见。何事三车陌上狂。鞭影撩空怜枥马。

化城吹梦作慈航。苍茫云海开双眼。暮鼓晨钟意两忘。

示学人论禅诗

下笔神来造化工。天才力学悟圆通。诗人妄作禅家语。更隔灵山千万重。

甲辰仲春与家人偕诸生乌来观瀑

乱山重叠乱流开。形势天然扑面来。疑似途穷峰又转。江山如画眼前排。

沧波居士六十晋一华诞

庙堂清议早知名。笔下风雷抵甲兵。宴坐无心图作佛。江山终古重书生。

甲辰午月杨管北居士六十诞辰书勗

由来名寿喜相俱。履渐时须认故吾。从此已明大智度。而今当重德充符。端居求缺方知圣。致曲能全要学愚。举世昏沉难独乐。华严行愿是机枢。

百年得失眼前浮。荣辱何如酒一瓯。忠孝扪心无愧怍。儿孙绕膝好悠游。炉香贴妥灵山静。经卷翻寻泗上猷。午日偏中初甲子。德云峰顶豁双眸。

戏言

金粟轩中佛法空。油盐柴米意朦胧。剧怜来往谈天客。不是衰翁即病翁。

自警

是非惭愧犹萦怀。尘俗难安颠倒排。世界大千华上露。云何取舍自张乖。

入山勘地

看山此日适炎时。一笑归来又论诗。但得乌龙茶在手。不嫌浓淡总相宜。

沧波居士近耽诗趣，复以甲辰岁暮书感索和，步原韵即成四律，文字游戏，诚著诗魔

寒到梅边几树花。凭谁拈与法王家。秦灰孔壁搜残简。楚赋蒙园比爱嗟。饵朮养生思橘井。栖神抱朴长芦芽。传闻腊鼓催春峭。画影儿曹又换纱。

三径荒芜故里花。乱离梦境旧时家。华年霜鬓添观想。高卧青山徒自嗟。觅药寻丹肘后传。赏心瀹茗雨前芽。闲来偶读林间录。雪月寒梅影上纱。

光影门头眼底花。忘形错认故园家。象狮鹫岭存悲愿。麟凤尼山感怨嗟。无用何妨成大器。退藏正好养黄芽。赵州茶饭丰十偈。绿竹猗猗隔绛纱。月上帘栊影弄花。不关春韵在他家。冰壶煮雪堪清供。玉管琼笺赋感嗟。情到无心听漏尽。梦回有意养春芽。一龛容膝维摩疾。灿烂云英落绛纱。

附：程沧波居士甲辰岁暮书感有怀诸友

原作

寥落雄心雨后花。故山万里共无家。

张皇文字知何用。偃蹇功名亦自嗟。
阅世差能齐物我。观身已悟等焦芽。
平芜烟柳江南梦。淡月疏窗映碧纱。

诗兴

寒来诗兴忽盎然。为赋新词屡费笺。结习未销文字相。不关慧思不关禅。

自讼耻为师四绝示诸子惭为儒师

微言大义有沉哀。王霸儒冠尽草莱。用舍行藏都不是。耻为师道受人推。

惭为道师

玄微不识有无功。致曲难全世异同。兵气未销丹未熟。耻为师道立鸿濛。

惭为禅师

拈花微笑付何人。一会灵山迹已陈。拄杖横挑深夜月。耻为师道颂同真。

惭为人师

四壁依空锥卓难。夔蚿鹏鹦总无安。时流吾犹趋温饱。万壑风吹随例看。

答学人文章考据之争

唾余残朽乱抛扬。精气游魂早伏藏。可笑承虚诸野犬。却来啃骨斗名场。

示学生

闲阶微雨展双鱼。别绪离情意有余。世变催人愁欲绝。忍看少壮作哀书。

岁暮

阑珊景物逐年残。霜鬓羁怀伤肺肝。无著何妨春艳艳。有情不厌路漫漫。消愁风月供吟咏。托迹禅林解慧观。金鼓两楹琴韵渺。炉香绕室暮云皤。

论易象数题玉书夫子函后

象数从头早费猜。尼山以后几如来。已疑华岳
陈抟传。难探元成焦赣才。上下千秋多剩语。
古今一贯少心开。平怀我爱胡夫子。旧学商量
劳剪裁。

晚步东门

孤堞危城衰草繁。荒城残日又黄昏。香车尘逐
洋场路。脂粉颜酡海客魂。粟社空坛羁羸马。
霜天秋梦系王孙。寒笳腊鼓春如旧。斗柄摇光

默不言。

寄意

绿惨红愁早了因。百花丛里已抽身。藕丝飞絮行人道。多少英雄迷渡津。

甲辰除夕

猎猎西风今岁除。万家哀乐对屠苏。时移太乙刀兵劫。世变羲皇河洛图。袖手楸枰儿辈弈。藏身阆苑列仙癯。回环经史殊堪笑。秦火燃藜事已愚。

乙巳新春禅集奇岩精舍

春风丽日到窗棂。禅榻炉香韵自清。一树桃花红似锦。远山几点若天星。

新春禅七后送刘世纶（叶曼）道友返菲京

晴空凝碧送归人。极目云天一叶身。乍见桃花初悟道。须留松柏养精神。清虚吾堕红尘劫。浊世谁传大士薪。烟水南巡行不尽。杨枝分作万家春。

春日

又是春归巷陌樱。桃花微雨更多情。垂杨庭院卷帘处。飞过流莺三两声。

漠漠春阴罨画帘。困人微雨恼人天。沉沉小院花争发。开落樱桃又杜鹃。

乙巳中秋前九日送朱文光赴美留学

垂老心情息怨亲。离愁又见送征人。前途从此多珍惜。古道于今孰扶轮。（借朱师味渊先生句）寥落宗门藏魍魉。微茫江海走龙麟。怆然伫立斜阳外。金臂遥伸万丈尘。

乙巳中秋饯别留华学生柯宝山返西德

三年来学此栖迟。聚散因缘去后思。家国东西同劫浊。茫茫浮世欲何之。

闲步淡水河畔

携杖寻芳淡水湾。眼前青史对青山。云迷古寺

三义路。月照汀洲半阙环。对景感怀名士气。

遣愁逃佛大雄关。松风影落江湖静。无限烟波

人未还。

寒夜随笔

药炉丹灶夜如冰。金鼎絪緼神自凝。露冷禅房

花作锦。风开天幕月为灯。香添龙脑驯纯虎。

剑铁螭头盘老鹰。举足偶超千圣外。乾坤一马

怒飞鹏。

目疾自忏

眼疾空花心病狂。观河不改旧沧浪。留情故作沾泥絮。信宿偏怜陌上桑。风雨江山磨剑气。春秋战国读书忙。虚名又著神仙障。跨鹤延期滞一乡。

凑合为身五十年。根尘色相看人天。谛观万法三千界。鉴觉诸方百味禅。青史分明浑黑白。世情勘破漫牵连。偶然染著真金屑。半月曚昽似火煎。

郑学稼先生六十寿辰

语默当机昔所难。维摩杜口意弥漫。云驰月驶争窥影。岸动舟移失钓竿。叹凤删书埋学肆。藏山迁史没骚坛。忧时双鬓皤然白。何处将心为汝安。

读郑学稼先生自述学徒生活书后

曾思医术济苍生。翻使弘词累重名。岁晚青松见劲节。天人之际息心兵。

感怀

出尘入世费精神。碌碌劳生芒刺身。三策天人思庙谟。五宗风月慨传薪。拈花妄意登仙籍，薄醉何妨率性真。事欲两全难一可。凌虚徐步摘星辰。

乙巳岁除

流水华年去不回。冻云如墨偶成堆。朔风家国愁无尽。怒海波涛意未开。麟去诗书劳掇拾。龙吟剑气起徘徊。又闻腊鼓催春闹。万种情怀出定来。

李勉教授作画赠诗步韵答谢

屠龙有技不谋生。衰世虚名已矫情。出入六经终碍道。浮沉三界敢言清。江山风月愁今古。文物衣冠感重轻。惭愧诗人劳寄问。漫天人籁是何声。

午夜答书十余通，有感于先师味渊先生「鬓丝禅榻日相依」及沧波居士「事求妥贴心常苦」句，即赋一律，兴犹未尽，用先师句赓作辘轳体一章，移初成一律为殿

鬓丝禅榻日相依。花事阑珊好梦微。桃李闲攠春满院。车尘闹市静关扉。江山青史相交错。学术文章乱是非。残局楸枰空指点。六韬三略总睽违。
碌碌因人与愿违。鬓丝禅榻日相依。穷搜云笈
翻书架。偶学头陀默掩扉。浮世尘劳心了了。
生天成佛想非非。寄身浩劫情难忍。倒挽狂澜
觉力微。
狂心歇息动多违。懒极萧疏礼俗微。历劫江山
身似幻。鬓丝禅榻日相依。瓶花照耀心常定。
贝叶纵横慧转非。长忆峨嵋金顶路。万山冰雪
月临扉。
欲说还休意每违。尘埃野马却知微。烟波沧海

思飞棹。云月溪山寂掩扉。剑气琴心时作客。鬓丝禅榻日相依。消闲漫读华严偈。不识人间有是非。

多情未必道情违。争奈春回情境微。答问恐迟劳笔墨。送迎不忍掩柴扉。事求妥贴心常苦。人尽平安愿总非。入世入山皆昨梦。鬓丝禅榻日相依。

丙午母难日怀双亲

空谈怀想报慈恩。此恨茫茫欲断魂。历劫几能全骨肉。对人不敢论亡存。寄情幻梦为真实。

仰护平安托世尊。读礼每惭言孝道。碧天无际泪无痕。

丙午母难日偶成

故山隐隐入云霄。春梦江南上下潮。依旧东风青草绿。愁多难遣是今朝。

偶兴

了无残梦到繁华。来赏玄都去后花。天女维摩皆不见。人间丽日又西斜。

观昙花有感

离根偶谪落风尘。香色依然清白身。莫道黄花明日事。剧怜红粉此时颦，轻云将护春如梦。雨露难留幻似真。眼界大千无净土。为谁惆怅说前因。

应空军邀赴各基地讲学感赋

行藏退舍却为难。束阁兵书旁午看。将校殷勤敷几席。衣冠摇落愧湖山。虚名遁世花能信。无学匡时林正惭。碌碌风尘还自笑。天心人事欲何安。

入夜莅东港空军指挥参谋大学

入夜趋车一望青。夹堤渔火映空冥。蕉阴村舍思家国。万里河山唤梦惺。

谒台南延平郡王祠

三百年前一少年。挥戈横海动人天。忠臣遗像留荒殿。几见残阳泣杜鹃。

旅夜

秋后炎荒凉似冰。喧阗旅舍对孤灯。低徊五百年间事。无念空山一老僧。

赴冈山途中

问君何事不能闲。累我虚名负九还。纸上谈兵都是错。夜车载梦到冈山。

晨起

寂默忘言万事空。中年哀乐已朦胧。风情歇去诗情淡。世味尝来道味浓。幽径芳兰添意气。天阶云影透玲珑。卷帘晓境清如许。绿上西牕日上东。

步青年画家吴翰书慨然寄诗原韵

抛却头巾莫问禅。玄玄玄尽了无玄。青精白屋家常饭。紫陌红尘乱管弦。万里寥天开笑口。半间陋室绕香烟。牕前偶放窥帘月。照澈愁边又梦边。千秋何处觅亏成。暮四朝三徒辱荣。权寄人身聊着相。假来姓字做浮名。随缘看戏随忧喜。幻弄怜虚幻爱惊。举足还从缩足里。云山水月息长征。

半僧吕佛庭居士绘水边林下禅境图以赠，见者赞叹欢喜，居士绘有长江长城万里图等，传称一时，笔法立意，均足千秋，赋此报谢

每从画里见精神。水净沙明不染尘。万里江山来笔下。多情半是出家身。

丙午岁阑答诸友贺柬

书到惊除岁。风霜鬓似银。离群思释负。入世

苦沾尘。等是浮槎客。同如萍梗身。寒云飞塞
雁。半偈寄春新。

丁未
1967

丁未仲春

忽觉流年侵鬓丝。依然玩世似儿时。随缘颠倒
游尘界。不着输赢看局棋。佛国莲开虚一座。
人间剑气弹双眉。此情惆怅谁与语。寂寞平怀
有所思。

游承天寺答广钦老和尚劝出家话

昨从歌舞场中过。今向林泉僧寺行。欲界禅天
原不异，青山红粉总无情。时难辜负缁衣约。

世变频催白发生。拄杖横挑风月去。由来出入一身轻。

台风夜，读太空科学书后，并笔述道家学术有感

狂飙晦冥怒飞扬。倦倚蒲团午梦长。三宿空桑犹着相。九还丹灶总寻常。干戈丛里怜身世。仙佛班中炼鬓霜。落笔直追千古外。浑茫何处问羲皇。

丁未仲春楞严旧本重返书城

一会楞严十八年。此情如在亦茫然。落英不作沾泥絮。飞入维摩禅界天。

戊申
1968

丁未六月，晤乡人高宗武兄夫妇于台北旅次赋赠

震世声名忆昔年。愁多家国海如天。风云陈迹依稀在。今古茫茫梦似烟。

陈九如先生七秩寿辰赋赠（丁未初夏）

由来仁寿必双全。金匮灵枢道入玄。从此好修三品药，细寻丹诀问彭籛。

戊申新正，禅七法会后，阅美国学生罗维德呈心得报告，示赠

青山有意可留人。峰不停云草自春。月上岩头花睡去。夜天无处觅真真。

夜读戏笔

本无一物扰禅心。慧思偏教意外侵。应是星横人静后。最难妥贴夜深沉。

早谢尘缘辞世情。不干荣辱亦何惊。梵天未解无生忍。惹得天花动地生。

卧疾偶占

每将卧疾作安禅。一被蒙头万事捐。生死千年齐是幻。空劳身后与生前。

戊申新正病起

一被蒙头万事捐。朦胧却喜谢尘缘，从来学处临时审。始信生平道力全。

闻小儿女论东坡「雪泥鸿爪」诗，有感担板汉知见而作

人生消息知谁似。秋月春花识此生。花落春归须再发。月逢秋至又分明。

讲华严经毕有感（九月廿五日）十月廿八偶成

蓦忆平生事。秋风拂面凉。不堪尘扰扰。何况

世茫茫。戚戚存悲愿。惶惶对法王。凄清终古月。寂默照炉香。

附孙毓芹先生丁未小春步韵 怀公夫子讲华严经毕有感

独立清溪月。溪清人意凉。闲情谢攘攘。心事转茫茫。歧路思文佛。哀时叹素王。漫漫深夜静，风细动荷香。

宛平县城临桑干河畔（清改名永定河）。传

系明成祖为燕藩时故址，乃故都西南屏障，兵事必争之地，芦沟桥横跨河上，为交通要冲，桥端有清高宗御题「芦沟晓月」四字碑亭，为北平郊景之一。七七事变后，战痕满目，颓垣败壁，残破不堪，人烟寥落，城外黄沙无际，如古战场，景况至为凄凉，偶翻旧箧中，获乘马游芦沟桥旧照，忽焉二十年矣，不胜今昔之怀，因成三律志感　孙毓芹

其一

青山红树白云浮。燕北风光又晚秋。
永乐藩营馀破垒。乾隆遗迹看芦沟。
黄沙吹地埋忠骨。寒角呼天起戍楼。

畿辅可怜千载事。桑干渺渺一泓流。

其二

芦沟鼙鼓震山川。壮士横刀将控弦。
当日捐躯悲勇烈。于今流水尚呜咽。
颓城跳鼠窥霜月。荒草饥鹰叫暮天。
为扣髑髅频驻马。问君瞑目是何年。

其三

肠断芦沟晓月残。劫馀非复旧时观。
未闻羽鹤归华表。徒见哀鸿泣倒澜。
几代干戈争玉阙。无边枯骨葬桑干。

骅骝不解人间事。犹忍回头向后看。

王委员新衡先生书赠摩诘诗尺幅报谢

东陵有客种瓠瓜。上苑春阴三径斜。货殖市朝思子贡。交游湖海忆朱家。一腔热血披忠胆。半碣秦碑着笔花。阅世老成人物少。漫天风雨走龙蛇。

题荆山为鲁宽缘道友绘伉俪合籍图

半生学佛问南能。护法功多亦大乘。林下白头留俪影。双修应是在家僧。

偶成

有约山林正笑人。青山无计可留春。此情难共清溪语。洗浊投清两爱憎。

春雨连旬夜吟

低压云霾竟久遮。催晴无计转阳华。三生花月繁春梦。两鬓霜星酿晚霞。读史披衣腾剑气。讽经击磬驯龙哗。江山寂历多风雨。永夜炉香一炷斜。

戊申仲春寿沧波居士

难得忘机与物齐。江山如画作诗题。三生风月空春梦。百转华严化絮泥。微雨桃开忆刘阮。青精饭熟惜般嵇。此情斯世谁能语。说向维摩意亦迷。

偶感

是非阅历奈何天。杜口毗耶故倒颠。几度拈花呼入世。屡因尘障便酣眠。每回看剑思游侠。常读经书仰圣贤。矛盾半生头已白。更无安处只安禅。

鹧鸪天 夜雨初晴

好梦由来不易醒。梦回春雨夜霖霖。飘空点点尘尘坠。滴碎芭蕉寸碎心。刚排遣。又相侵。抛残绵密转深沉。未眠人在书斋里。寂寞银灯晓色临。

篆香乍歇夜初深。近处鸡声远处砧。一个蒲团消业力。十方世界作丛林。才子气。美人心。最难收拾更难寻。天阶云净风吹絮。露洗遥峰月未沉。

有感

眼前乔木未成阴。万籁无声对夕曛。草长空庭人独立。欲归何处卧深云。

戊申岁阑答谢贺柬

律转初阳上画帘。无情岁月有情天。闲居何事偏多事。浪费中年又过年。几许繁华随梦觉。

更多尘障误名先。浮沉萍梗沿流止。每自徘徊每惘然。

梦月寄怀

入怀照梦正三更。道是无情却有情。仿佛化身为明月。一回相见一周星。早谢繁华辞世情。水清沙净住空明。飘然一片天花坠。散作游丝化慧生。

己酉季秋，中日文化访问团赴那智山（徐福庙）途中，游京都故宫

秋到京都雁未归。风云犹带劫尘飞。争教天色

青霜后。谁信神州王气非。百代衣冠留海外。
千年礼乐总依稀。二城幕府枫林晚。来看名山
补衲衣。

二条城乃日本京都德川幕府时代遗建。

游伊势神宫（日本太庙）

立国同根各有时。浪传史迹费疑辞。乔松夹道
黄花丽。为拜神宫又献诗。

附：日本学者木下彪（周南彪）次韵怀瑾

先生游伊势神宫诗

缅邈谁知肇国时。迂儒考古漫多辞。

天潢不改三千载。我仿周人赋颂诗。

游真珠岛

三日驰驱走转车。秋山黄叶满蓬壶。沧浪多少
鲛人泪。惆怅骊龙项下珠。

东京之夜

晚来独步东京市。艳丽银灯车队驰。等是西风
吹客醉。黄花本色费疑思。

自日本返国空航途中

空到东瀛走一回。平添感慨有沉哀。低徊富士
山头白。我又乘风归去来。

己酉季冬送幼子国熙赴美国就学时年方十二岁

腊鼓寒宵送子情。辞亲顿忆少时音。重洋远隔东西海。日月常悬两地心。

诫勉幼子国熙赴美留学

一生志业在天心。欲为人间平不平。愧我老来仍落拓。望渠年少早成名。功勋富贵原馀事。济世利他重实行。怜汝稚龄任远道。（时年十二）强抛涕泪暗伤情。

己酉仲冬初创东西精华协会中国办事处感赋

辛苦艰难独自撑。同济寥落少晨星。松筠不厌风霜苦。雨露终教草木青。熟读经书徒议论。实行道义太零仃。乾坤亘古人常在。欲起天心唤梦醒。

腊月在东西协会办事处讲易学有感

一念难将愿力空。但凭赤手辟鸿蒙。慧光照耀三千界。心海交流七佛同。知命尼山非自了。微明李耳得圜中。平怀动静希夷境。举步截流是大雄。

己酉岁阑答谢春节贺柬

欲将心迹付流霞。何处丹砂可种花。变幻世缘身已倦。输赢时局手频叉。忘情冷落霜前菊。醒梦温存雨后茶。不记来年与去岁。故留此意问玄沙。

夜读

无端忧国又忧天。灯下摊书独未眠。一局残棋难落子。输赢今古总茫然。

庚戌新正老友鲁洙逢源居士七十双寿

吾爱鲁夫子。修行自典型。廿年相过往。七十更康宁。护法劳心力。弥陀念德馨。迩言申贺意。松鹤祝遐龄。

刘修如司长邀赏昙花于公寓顶楼

清白幽香轻冕旒。由来瞬息等千秋。百花自顾争颜色。开向琼楼最上头。

书赠淑君学子

同心协力是何人。辛苦艰难赖有君。一会灵山终不散。偕行悲愿济斯民。

二十馀年旧道场。孤僧冷庙喜清凉。相逢犹似当年境。不觉人间岁月长。

中秋遇雨

凄迷秋色已无多。况是中秋雨里过。海上潜龙观变化。人间失鹿费张罗。须眉辜负河山老。世事纷纭牛鬼魔。俯仰风云倍惆怅。南来归雁意如何。

夜雨

万绪千丝未了情。焚香礼佛觉身轻。并将今古无穷恨。都付蕉窗夜雨声。

庚戌岁暮漫步街巷

世事真难料。行行意未开。离群如释负。愁乱不成灰。且逐路千转。更无家可回。春云闲聚散。无去亦无来。

中四句借用老友汪黄瑛医师原作。（师自旧注）

再答学人问「更无家可回」句释疑

浮生早觉是虚华。却把虚华入梦奢。风月云山都不住。心空万念本无家。

庚戌岁腊答谢新春贺柬

莫将消息问穷通。乱世才多运每空。弭劫胸怀昭日月。匡时心血比丹红。枯禅徒负名山色。尘累何妨性海风。无尽太虚无尽愿。人天慈爱永交融。

辛亥母难日

此日难忘父母牵。梦回涕泪自流涟。生当磨羯原多累。身度娑婆未了缘。幸得菩提随地长。故留苦海作航船。安心冷庙孤僧境。回首云山天外天。

颂禅宗二祖神光传

世道艰危行道难。觅心何处为谁安。凛然葱岭西归雪。等是屠门酒肆朱。

辛亥季秋感事

悲愤何如忧患情。那堪徒对竖儒争。沉疴难觅三年艾。断腕还须一觉醒。出海蛟龙终努目。入山猿鹤漫心惊。圜中自有天机在。事大翻知生死轻。

随笔

甘苦由来只自知。天心人事动悲思。自怜独木支巨厦。眼底林园是嫩枝。

颂菩提杂志创刊廿周年

辛苦菩提树。支撑二十年。海天开白社。火宅种青莲。聚笔摇山岳。圆音震大千。南询遥祝颂。随喜亦随缘。

书赠画家孙绛年乞诗

偶向蓬莱汗漫游。南来人物孰同俦。梅花影里悲身世。榕树亭边豁倦眸（孙之住处有大榕树一株）。古道寂寥行不得。时潮汹涌意难留。殷勤寄与迂疏语。莫住风头最上流。

再赠萧天石兄

三十余年物外情。浮沉未肯入流清。青城山色峨嵋月。云笈还山梦亦轻。

辛亥大会，多人来言时事，俚语书愤

华堂今日会重开。南极神仙个个来。薪胆备藏商大计。肝肠待地配楼台。六年坐等倾囊括。半世尸居装满材。海上何来骏马骨。钱王养士只堪哀。

辛亥禅七期中即答新春贺柬

故我依然带发僧。不期北秀与南能。漫天桃李春无尽。万象光中续慧灯。

壬子诗偈

壬子
1972

成佛称王梦早醒。名缰利锁已空明。抛残红粉骷髅色。只有慈悲一段情。

曾从富贵丛中过。经历艰危困苦天。顺逆因缘

尝试尽。不踟跌坐亦泥洹。

万家灯火乐无眠。震耳同欢燃爆鞭。一念糊涂

真不解。衣冠今日是何年。借元遗山句。

壬子初冬子夜

淡淡轻愁过半生。滔滔浊世独何清。谤书毁骨

翻堪笑。贫困随人多负情。王气凋伤思一统。

斯文零乱梦三更。眼前事物真无奈。绕室徘徊

待漏明。

癸丑
1973

短歌词

年年望断关山路。故国天涯。多少无聊情绪。
春花秋月频催。算年华老大。白发盈堆。莫问
将来他日。愁肠百转。有口难开。

癸丑新春答谢贺柬 南乡子

报道又春回。贺柬盈几叠作堆。依旧浮沉多俗
累。堪哀。却惯抛愁笑口开。天意巧安排。
梦也痴求转运来。刍狗苍生谁作弄。消炎。坦
荡心情总不猜。

癸丑初春讲金刚经于杨宅

虚华泡影偶和同。身世原来一梦中。毕竟空无破妄想。若无妄想有何空。

题画野鹿

自来头角太峥嵘。无计藏身徒辱荣。怒目横眉烹骨肉。回生起死服茸精。唯求仙骨归云嶂。岂羡青衿食野苹。何事人间容不得。可怜天道负初生。

题画小马

道远谁知马力遥。徘徊四顾尽蓬蒿。红尘抽足苍茫立。翘首晴空秋气高。

癸丑杂拾

廿五年来万斛尘。攫人世网倍伤神。峨嵋雪月西湖柳。无限情怀愁煞人。（仲春）

也似无聊也是愁。强抛心力强登楼。数声歌管斜阳外。妥插瓶花自点头。（孟夏）

世事前途愁不尽。中原回首梦全非。江山零乱多风雨。不合林泉老布衣。（仲秋）

故园西望泪潸然。海似深情愁似烟。最是梦回思往事。老来多半忆童年。（思乡）

辛苦艰危发早华。童年犹忆住他家。庭园百卉先春艳。蜨蝶双飞争扑花。（忆内）

禅心遮莫说无情。水净沙明分外清。彻底虚灵对万象。森罗万象倍分明。（谈禅）

无题

心情淡似无波水。踪迹空如水上纹。饭罢上方香积厨。天花散作护身云。

见说桃源可避秦。蓬莱比较更宜春。凌云俯视人间世。尽是迷途莫问津。

癸丑晚秋阳历十月杪感事

独上高楼一段愁。海云西望不宜秋。江山原是无情物。今古英雄空白头。

晨兴

九霄寂历响鸾铃。尘梦初回斗外星。早起卷帘临晓日。和风吹遍万山青。

理发师劝染发戏作

世人多畏发初白。却喜头颅白似银。免去风流无罪过。何须装扮费精神。渐除烦恼三千丈。接近仙灵一性真。对镜莞尔还自笑。依然故我我非新。

癸丑岁阑答谢贺柬

又是春回解早寒。东风吹暖独凭栏。浮云凡事
兼心事。流水空观即幻观。书剑消磨名士气。
禅思逃脱祖师坛。果然遗世真容易。欲世相忘
却大难。借辛弃疾句。

有赠不匮室诗钞读后

从龙岂料堕泥涂。憔悴南冠蚁梦余汤山旧事。一代风
流人散尽。事功遗恨在诗书。
功名千古赋群狙。悔读南华齐物初。一自六经

删定后。从来谋国误诗书。

不匮室诗钞乃胡汉民先生诗集。

读不匮室寄精卫诗有感

茫茫人事真难料。昨是今非未可知。燕市当年倘一快。两朝刀笔尽清词。

春思

故园望断奈何春。篱落墙根百卉新。云散青山推月上。风高朱阁立闲身。檀香乍爇初心定。龙井重烹品味陈。环顾萧条廿五史。有人忧道不忧贫。

感事

何事尘劳奔走忙。养生送死过时光。可堪拜访通诚客。多是唠叨诉怨长。入世早知多俗累。绝情未必不荒唐。愿将大士瓶中露。洒作人间救苦方。

余井塘先生，朋辈誉为当代真儒。余与先生仅一面缘，观其谨厚诚朴不失书生本色，殊为可人。顷读其癸丑秋偶成一律，蕴藉风雅，慨多以慷，甚为可喜，惟步其韵而末示人

读书亦曾习春秋。三世兴衰一段愁。多少妄人登

列阙。何如老圃卧林丘。书生烈士同炉鞲。富贵功名等赘瘤。别有情怀千载上。恐留青史著名羞。

附：余井塘先生癸丑秋偶成原诗

不知海上几经秋。只解欢娱不解愁。直以疏慵添拙趣。岂将朝市作林丘。怕闻呼老称前辈。偶令随班愧赘瘤。

（时任行政院副院长）

何事胸中多郁塞。有时悲愤有时羞。

甲寅杂拾

百千万劫三千界。事事关心情未休。五十五年如昨梦。春风吹上最高楼。
惭愧年来道力轻。事当关节太分明。从今须学
糊涂法。莫到浮图最上层。
不是年来道力轻。阴晴著眼太分明。红愁绿惨
伤春色。况听高楼风雨声。
风高四野视茫茫。半作春晴半作凉。欲向青天
问消息。自疑人事自栖皇。
埋愁无计苦耽诗。本是糊涂今更痴。半世光阴
随梦去。可留一半付禅思。
情能用世心偏懒。意欲离床睡更浓。万事到头

留半阙。人求圆满佛知空。
绿惨红愁色是空。几番雨过几回风。灯残花谢
春方歇。佛手拈来便不同。
小阁银灯静夜思。功名选佛两愚痴。何缘消受
人间福。管领春风自不知。
势尽强弩楚汉秦。千家吠影费劳薪。谁能先识
预流果。始信人间有转轮。
夜静宵寒一粟身。银瓶新拭佛前尘。济人计拙
思谋己。世路艰难道倍亲。

甲寅五月，管北居士七十寿辰，自署室名曰：二乐斋，相交廿载，总其生平以赠

少年负气斗名场。朝市山林仗义忙。曾友朱家师子贡。不轻原宪薄弘羊。盛衰遍阅荣枯色。甘苦深知进退方。不二门中馀一乐。问心无愧对空王。

颂庞居士

庞蕴当年见石头。一经掩口便宜休。如何吞尽西江水。亘古江河日夜流。

甲寅中秋前夕

百事无聊万缕情。一灯相对十分明。是非厌闻

人间语。遥想空山夜雨声。

台风骤雨之夜

宴坐高楼独自醒。八方风雨破空声。琉璃界外群魔舞。掩耳何须问塔铃。

为王君懿女士题雪山掩室图

冷落天花景物残。柴门深掩暖蒲团。画图莫放春风入。惨绿愁红不忍看。

甲寅岁暮高雄佛光山禅七期中

寻僧偶尔入山行。青磬红鱼未了情。绿竹还随人意思。吟风来伴读经声。

已了娑婆未了缘。深情只欠祖师禅。大悲殿里千尊佛。空向人间泛渡船。

有客来谈时势，忽忆先师焕公夫子「处处人呼癸，山山鹿养茸」句，感作一绝

江山犹是霸才空。何处林泉鹿养茸。呼癸万方多难日。为谁独步妙高峰。

甲寅岁阑答谢贺柬

寒尽春回腊象驰。年年岁岁动乡思。不堪变幻人间世。何况阴晴不定时。桃李芳菲徒有树。笔花零落更无诗。情多真到忘情境。莫怪来书

乙卯
1975

作答迟。

乙卯仲春

人世真为一饭难。去留无计总非安。龙潜大泽江湖乱。鹿走中原荆棘磐。久别云山付昨梦。支离瘦骨住空观。一灯相对忘言思。唯识唯心已懒看。

每疑世事每糊涂。犹喜真吾是故吾。时代推排悲老大。后生玩忽乐新图。河山根本非今古。韬略虚妄枉有无。料理禅心归旧隐。前途仙佛唤回车。

已了娑婆未了缘。难将福慧换愁天。战云漫诵
千声佛。兵气频摇一味禅。花木有情春不老。
江山无主月空圆。宵来试展屠龙手。不忍慈悲
又缩拳。

彻夜读《续指月录》竟

四百年来访道人。已无一法可留心。自从只履
西归后。回首灵山云更深。

黄山谷谓「子弟诸病皆可医，唯俗不能医」

有感

人生诸病皆能治。俗气从来无药医。纵使出尘

仙佛侣。空花空果觅东西。

自笑

自笑年来似小孩。欲求入梦梦难回。而今真悔当时觉。不醒应无百事哀。

初冬送长女可孟赴美国

三十年来一梦馀。无家无国已堪吁。而今几度思前事。万里云山似画图。

丙辰岁首

丙辰
1976

缓缓还歌陌上花。春归人犹在天涯。江山王气终无尽。留得晴明看晚霞。

陌上花开缓缓归。江南草长又莺飞。春心远在蓬山外。惭愧高堂莱子衣。

重别慈帏三十年。无情岁月有情天。细将甲子从头数。辛苦人间泛渡船。

丙辰人日

岁月徒劳碌。江山动远思。春光无限意。好在未开时。

自题论语别裁初版

古道微茫致曲全。从来学术诬先贤。陈言岂尽真如理。开卷倘留一笑缘。

勉学人言恩怨事

世事纷纷如弈棋。轮回变幻巧难知。但存方寸公平理。恩怨分明不用疑。

述念

行遍天涯不见人。此身日夜随浮沉。何时蓑笠还山去。万里青空一片云。

得长幼二女旅美来书

起座金风吹面醒。依然独对一灯明。离群身喜轻如叶。争奈关心儿女情。

讲孟子课毕夜归静起

静夜清思忽到明。市朝嚣杂闻人声。事从过后方知梦。浪在波心翻觉平。身似空花终幻谢。情恋浮世竟难更。看来多少虚无客。徒学逍遥误一生。

应周宣德老居士嘱为《慧炬》十五周年庆

慧炬挑灯十五年。白头宣德说前缘。声闻无力维摩疾。落拓灵山上乘禅。

疏影白香伉俪赠新编《梅花诗选》答谢

绿萼青枝已失真。劫风吹堕落红尘。白香疏影怜馀韵。澡雪精神付俗人。

掩笑集

丙辰 1976

丙辰腊月始，即在台北市内寓楼掩室三年，于入关前得学人来书感作

为圣为凡两不宜。最难忍耐是愚痴。更多人我山头立。自误聪明总不知。

丙辰冬月午夜定起书一偈

忧患千千结。山河寸寸心。谋身与谋国。谁识此时情。

忧患千千结。慈悲片片云。空王观自在。相对不眠人。

丁巳 1977

吕佛庭教授自台中寄诗，却寄一绝句

见性却从指顾间。闹非朝市静非山。重关深锁
无馀事。浪走终须识大还。

净土心光随念回。也非极乐也非悲。无根莲子
无生种。付与拈花一笑开。

附：吕佛庭居士原诗

闻道维摩又闭关。浑如丘垤望高山。
由来禅自静中悟。见性却从指顾间。

读宋元明诗纪事有感

理学经师别有天。死生儒佛义难诠。宋明七百
年间事。忠节遗芳岂偶然。

丁巳母难日阅报知大陆旱灾

思亲飞梦到家山。手自焚香泪自潸。化作慈云功德水。春雷普护透重关。

掩室之什

漫将世事叩关来。欲说还休意再埋。灵室明灯春气暖。隔帘朝市看轮回。

半座寻常总不知。展颜僧去费寻思。他山多宝如来塔。乞得医王续命枝。

我道南矣一脉还。百灵呵护透牢关。诸天夜送长生药。稳把菩提仔细看。

自笑

自笑平生洁癖忙。命该浊世一身藏。原知净秽皆非相。却喜莲泥梦也香。

自笑平生好学忙。老来情趣更荒唐。围绕万卷无书读。翻教儿曹满纸抄。

道情 鹧鸪天

禅自拈花一笑来。灵山花蕊满灵台。缘何净土华严境。又道花开见佛回。莫妄想。费疑猜。头陀已去首空回。春风却放花千树。正向南华觉后开。

幼子国熙自美寄书，引古人「骨肉同胞有几人」句论孝友事，即用其原句寄勉

骨肉同胞有几人。丈夫出路每无凭。男儿须秉冲天志。浑沌乾坤一手新。凭字古韵通用。

夜来开窗见月

六十年来梦有馀。此身如有有还虚。眼前明月当空定。不住无馀住净居。

佛说二涅槃，罗汉住有馀涅槃，佛住无馀涅槃。色界天中有净居天乃天人住处。

寄意

五代时，南唐中主见牛卧美荫有兴，优人李家明即赋一绝曰：曾遭宁戚鞭敲角，又被田单火燎身。闲向斜阳嚼枯草，近来问喘更无人。左右大臣皆

甚羞惭云云，今偶忆及，即成一绝。

曾驮紫气涵关去。又逐斜阳芳草回。挂角诗书成底事。粉身碎骨有谁哀。

颂圜悟勤禅师病参偈

眼光沉落是如何。天上人间遍觅他。万古双丸奔日夜。谁教辛苦不停梭。

夜吟

万古千秋事有愁。穷源一念没来由。此心归到真如海。不向江河作细流。

丁巳中秋关中有寄

留亦为难去亦难。悠悠世路履霜寒。遥闻碧海吹魔笛。几欲青冥驾彩鸾。不惯依人输老拙。岂能随俗强悲欢。禅天出定生妄想。何处将心许自安。

答钟生自美国来书问学成返国平安否

人间何处无芳草。随地归来便有山。岂是林泉留不得。只缘心自未能闲。

书孟子见齐宣王章后

千秋礼乐论兴亡。儒墨家家争辩忙。尧舜不来周孔远。古今人事莽苍苍。

书越世家后

玉颜不意自成名。当日那知事重轻。存越亡吴
论功罪。妾身恩怨未分明。

答留美学生为求婚事来书乞助

万里求书为爱情。老师无计说娉婷。何如取读
浮生记。自唤心魔好梦醒。

无题

坐看江山愁煞人。桃花颜色又新春。开帘吩咐
闲风雨。为洗天衢万丈尘。
又是春回二月天。百花供养住三禅。云山万里

归初地。虚室祥光照大千。
浮生自苦不从容。睡起依然日又红。贫富不知
闲是福。几人肯唱大江东。
又是春回二月天。软红尘里自安禅。敲空万籁
吹清韵。俯首云山供眼帘。

审阅硕士班研究生写清史论文后批语

寡妇孤儿自入关。便宜占尽此江山。竟然二百
馀年后。母子君臣出塞难。

丁巳冬至后二日

竟日经书注意寻。天人三籁闻清音。夜来起把

吴钩看。辜负平生救世心。

随口吟

身入名场事可怜。是非竞斗奈何天。看来都是争人我。无我何妨人尽贤。

丁巳岁阑答贺柬

掩室经年，世缘未了，诸方慰问，答滋惑业，置违人情，信笔书笺，爰当雅谢。

又到禅关报岁阑。邮亭迢递尽书丹。故园草长莺啼处。客路清夷鹏翼安。世事早随今昔改。问心已了有无观。朝来自把神光照。鹤发童颜一笑看。

答乡同学吴巨卿言打坐静修偈语

打坐参禅好苦辛。徒劳心力不安身。何如一笑归休去。烦恼菩提歇是真。

打坐参禅好苦辛。生天成佛恐违情。身心本自无依住。那得工夫与腿争。

那得工夫与腿争。一心念佛可依凭。但能念到无心地。梦幻真妄一道平。

梦幻真妄一道平。涅槃生死又何惊。南来佛法无多子。莫当先生笑话听。

福儿自美东来信，言在美军旅生活，阅毕，举目见窗外寒云有感

艰难去住两无由。浮世留身苦自谋。试向中原回首望。寒云遮断海西头。

春夜

一灯丈室念初平。梦里江山倍有情。八万龙天齐问讯。大千世界步虚声。欲坚道力凭魔力（借明人瞿式耜句。）自笑逃名翻近名。去住无由归不得。举头朗月又三更。

戊午秋杪得次子小舜自故乡家书

一世人如两世人。全家十口四方分。卅年多少冤魂泪。况有哀鸿隔岸闻。

审阅孟子去齐讲稿后

古人致仕自从容。既要安心乐守穷。根柢不从贫贱立。到头志业枉谈空。

初秋夜书

浮云世事一身轻。仙佛班中亦外行。纸上谈兵原梦语。不然何计遣今生。

夜复吕母问题书后

一枕沉酣梦不成。灯前握管过三更。慈云遍洒杨枝露。尽入层楼化雨声。

仲秋上旬，夜课方毕，忽见案有慈母家信及福儿自美国来函，感慨书此自忏

万念空灵尚自怜。尘缘终犹现缠眠。白头倚闾牵愁绪。稚子控弦揽锦鞭福儿已自西点军校毕业方服役美军。举笔未能如电扫。读书多悔记难全。生身斯世成何用。无力回天愧对天。

检收旧稿弃诗一绝

圣贤传道重生身。我若无身妄说真。即此有无为大用。方知道术是何凭。

再答吕母书后赠偈

放下身心莫问禅。现前性海幻真诠。本来物我无分别。空有何妨更待言。

批阅某师僧修为心得报告，戏赠一偈并曰：由此参破，大事了毕

直取骊龙项下珠。文殊到此不文殊。东西南北无门路。旷劫无明下一锤。

题忿怒金刚自像

几度至尊位上来。君临回首最堪哀。醍醐故作砒霜用。忿怒谁知是大悲。

秋夜定起

眼底云山似绮罗。星辰日月掌中过。诸天花雨当空定。信手拈来供佛陀。

有赠未寄

人间自昔别翻亲。乱世难为物外民。萍梗有情空聚散。浮云无碍去来身。秋心不共秋光老。影事难留影象真。静夜不眠非病酒。茶烟禅榻倍思人。

戊午冬至前六日之夜

层楼风雨怯宵寒。灵室明灯夜欲阑。劫运早惊蕉鹿梦。庙堂久醉古槐安。沉疴邻乞三年艾。绝望他求九转丹。鹤背龙腰攀折苦。下方孽海正狂澜。

记梦中与虚云老和尚答话

狮头山色梦依稀（抗日后期曾与虚老同在渝州南岸狮头山七日）。携杖同登归净居。三界不安如火宅。留形我在岂多馀。

咏兰

乍暖还寒春犹绵。困人气候恼人天。芳兰一叶薰初定。浅绿轻黄不破禅。

组大乘学舍教示僧俗诸人礼佛

竟日劳谦闲里忙。老来事业更郎当。平生抱负知何似。管领春风礼法王。

书孟子离娄章书后

大千情界倦凝眸。零落天花结习留。人乞祭馀骄妾妇。我惭车迹有王侯。尘身宛在琼庭树。凡世沉浮水面沤。手把乾坤弄日月。西风吹过海东头。

为人强邀和某花甲寿诗

为清积牍知诗柬。落笔无词一笑空。若使虚名信有用。化身须得百千重。

闻张嘉逸仙国大秘书在美逝世讯

去国原知万事空。几人歌哭九州同。多才已自为身累。肠断沧溟魂梦中。

春夜

天下心忧久怆神。人间见说又新春。空凭道力安魔劫。漫托金仙是化身。有界江山腾剑气。无端日月困风尘。深宵起坐菩提树。揽镜灵明一欠伸。

批阅僧俗诸学人日记总评偈

世念殷勤道力轻。诸缘不了尽妄情。若能念念真如理。何虑菩提道不成。

庚申清明

清明时节半晴阴。薄海腾喧庙貌新。今古茫茫丘壑在。争教人事不成神。

初夏之夜

壮岁举轻天下事。扬鞭谈笑薄皇王。中年敝屣空桑约。大隐尘嚣醉梦场。萍梗有情悲浩劫。孤筇无计涉沧浪。燃灯默尔思前度。惆怅重来奈夜长。

去春承大韩民国同宗　柄国先生之命，为其先人所筑乐汕亭志言，初则习静关中，耽于禅寂，继而开堂讲学，劳此朝夕。悠悠忽忽，迟迟报命。顷闻大陆乐清南宅故里重修谱牒，亲亲情义，阻滞海天，推己及人，曷胜惶悚；乃强起缀句，聊谢不文之窘。若夫乐汕公取仁者乐山，智者乐水之旨，以志其亭里，霭然有道气象，形诸事物。惜乎海天遥隔，未得瞻履，遐引驰思，谨献一律，藉申敬慕，并为柄国宗长寿

曲水流觞事已非。东山高卧漫忘机。比邻明月

辛酉 1981

思宗族。画界山河本愿违。万里投书迟报答。千里尘障笔停挥。夜窗强起临池楮。恐误来时堂庙几。

冬夜随笔

层楼极目望天涯。望极天涯不是家。收拾太虚归掌握。寒灰重拨自烹茶。

辛酉阳春

吹晴风劲撼窗棱。坐拥书城意乍胜。一念关情天下事。尘心不了滞飞升。

春梦

春风吹绿梦平芜。云月溪山似有无。窥阙篝灯夸一统。渡河筹策犹三呼。长途疲马惊新辔。短鬓催人号老夫。行遍天涯真倦矣。童心揽镜愧今吾。

惆怅

惆怅前因莫奈何。为贪游戏到娑婆。不堪五浊终难忍。拔脚迟疑急走过。

春夜

四壁诗书压剑尘。星河春永月初新。三生踪迹思前度。一代虚名累后身。事到无为方脱俗。情如有寄失天真。炉香乍爇慈云现。稽首空王忽入神。

无题

不住红尘不入山。红尘青琐却相关。有时臣视三千界。四顾苍茫两仪间。

有客言余「平常终在淡淡清愁中，不知何故？」戏答其问

淡淡清愁脉脉悠。江山如画梦空浮。多情翻觉无情思。浊世难安为世留。大地众生谁识我。诸天沉默只低头。繁华似锦春莺闹。恼乱东风吹未休。

辛酉端阳前五日答内书

未尽光阴百岁期。难将文字寄心思。前身应住维摩室。不信人间有别离。

飘泊平生负孝慈。劳君艰苦费撑持。幸恩有愧难为报。松柏春阴应较迟。

乍着春衣便惘然。蚕桑应过柳三眠。此身犹似孤飞鹤。海阔山高又一天。

旧腊新正答贺之词，忽承马伯谋秘书长惠赠毛衣书云：「冬来请加衣」，因而成律，用答贺柬

飘空腊象映重帏。犹喜雪鸿自在飞。不信回天

无能力。只缘出处早知机。江山起伏春如画。草泽依稀鹿正肥。闻道南华轻两翼。冬来振羽请加衣。

辛酉除夕得家书

封题欲拆又徘徊。寂寞平安一字回。如此江山如此夜。争教头白不归来。

元旦随笔

壬戌
1982

新年旧岁又春风。旧岁新年似不同。珍重千秋争一瞬。不干秋淡与春浓。

香港能仁书院哲学研究所代所所长罗时宪先生遥寄七律一章步韵答谢

盗世虚名数十年。不关文字亦非禅。浮沉浩劫飘空堕。耽误书城失道传。罗什有情难解脱。维摩卧疾当安眠。新诗和就真妄语。聊报高贤一哂然。

能仁书院聘师任所长，终未赴港就任，故由罗先生代理所长。（编记）

故宫博物院李霖灿副院长赠所著玉龙大雪山书

游心绿雪斋中记。梦里江山离乱年。欲向玉龙问消息。高峰何日得安禅。

阅报随笔

世事如麻乱。心愁动剑鸣。徘徊翻贝叶。还自入无生。

壬戌中秋

避地无方避世难。春花秋月不相干。万缘已了缘何事。一念关心天下安。

空庭月照不眠人。四壁图书万斛尘。岂是关心天下事。只缘不了有馀身。

壬戌除夕

百忧难遣付悠然。多劫尘劳未了缘。波静海涛龙奋翥。风轻云净鹤飞田。三春花月三春梦。万里江山万里天。珍惜今朝留一瞬。又随腊鼓过新年。

仲春夜雨游梨山

苦雨驱车逐夜游。山云垂幕黯然收。巉崖鬼影惊关险。笼雾仙灵默点头。涧水照明添梦幻。桃花空色失春柔。天涯行脚心无住。就此勾留未肯休。

夜释老子

道业名山非所期。茫茫世事费寻思。挑灯夜释函关传。掷笔翻疑作者痴。

无题

事业名山道不穷。更无妄想念真空。只缘一会灵山后。犹堕慈悲烦恼中。

癸亥中秋前三日赠人出使

萍水交游二十年。泥涂轩冕有前缘。江山本是无情器。人物何妨不世传。南渡风流思王导。中原哀乐忆临川。骊歌遮莫轻忧患。把酒凌空一洒然。

赠人出使，意又未尽。中秋后一日，再见相谈，复赋一绝

如水交情二十年。始终道义亦堪传。离亭听唱

朝中措。持节青云别有天。

癸亥中秋，新购影印文渊阁四库全书一部，戏题魁星座

黄金错铸读书台。忧患偏多入眼来。面对魁星还一笑。向君应借手中财。

和马星野乡长谢诗

莼鲈味好句分尝。感慨先生颁谢章。客路难安身幻寄。故园苦忆菜根香。新亭家国愁千叠。旧史兴衰字数行。一叶江心亭畔月。平阳舟系永嘉场。

示学人

身衰方急求丹诀。事到穷途觅佛缘。大抵世情都短见。不知人道不知天。

甲子元旦之夜

又是阳回甲子时。漫将世事再寻思。群言楚汉纷争史。我读天人交战诗。八十馀年谁误国。百千论议半愚痴。纵横残局旁观手。收拾楸枰下子迟。

甲子春元正月，题《知见》杂志封面台北野柳救生圈图

野柳高风岸。天涯甲子春。苍生待济溺。何只

万千人。

随口歌词

朝阳升。华灯上。十二时辰廿四时。何事劳劳。为谁碌碌。片刻光阴少白私。寂寞情怀。百无一可。倦覆来书懒作诗。每自问。为何如此。壮气消磨老可知。

偕传洪等过中坜观音乡观海

万里穷边天晚晴。烟云满眼自分明。江山异代多情感。风月随人无限清。亿兆苍生犹涕泪。百年身世太零仃。临歧怅望东西海。叠影层波念未平。

甲子冬夜

蜀山浙水几回程。都是前身汗漫行。挥手红尘
看下界。佛灯渔火对空明。

七十年来忧患般。夕阳红照半天云。凌虚高阁
凭栏望。碧落玄黄一抹分。

题廖生春民写寒山拾得图且以自嘲

何期失足到娑婆。游戏天台和合歌。却被世人
知踪迹。藏身无计怨弥陀。

美京集

首途赴美

不是乘风归去也。只缘避迹出乡邦。江山故国情无限。始信尼山输楚狂。

道出大西洋赌城

风云催客出三台。策杖闲观旧战嵬。何必赌城始论赌。人生都是赌输来。此地为南北战争之名区。

独立阿灵顿寓楼一览华府全貌

轮机辗梦旅途长。暂驻层楼望故乡。淡荡天风轻扑面。波多河畔感兴亡。绕华府之名河即波多马克。

丙寅元宵后一日

稍煞寒威雪犹封。蓓蕾百卉待春容。传心辜负西来意。浮世难留过客踪。又见白宫播木偶（时在一九八六春正当菲律宾马科斯事件）。常怜黄屋走蛟龙。铃声莫问当前事。万里飞鸿愁万重。

丙寅中秋

江山今古一轮元。海外中秋月在门。百万龙天齐问讯。何时回首照中原。

兰溪行馆晚眺

石桥水涨一溪环。歇足丘林且小还。闲倚栏干观气象。斜阳红叶满秋山。

偶兴

有约山林莫笑人。往来过客几当真。眼前风物依稀在。今日花非昨日春。

丙寅秋杪，朱璋兄自温州寄「中秋无月」一律，感和

谈诗话旧忆家园。七十年来春梦痕。谁信河山真变色。岂知人世几销魂。兰溪住地神仙宅。华府勾留异国村。红到丹枫秋已老。意生身又起乾坤。

丁卯
1987

丙寅季秋，再和朱璋兄自温州寄诗

踪迹浮桴住美洲。行藏何处可勾留。飘空堕叶沉沉落。辗梦（又作宛转）清溪缓缓流。客路夕阳红照影。归心朗月梦惊秋。枫林萧瑟天如醉。万里江山人倚楼。

丁卯惊蛰前于兰溪行馆

东风解冻蓦然惊。到此曾经两度春。四海无安难歇足。十年树木百年人。

晚眺即事

闲倚栏干倦眼开。四山春色逼人来。长堤垂柳归车晚。独带骄阳日影回。

丁卯仲春得蜀信追悼印华师

四十年来世外人。如何遭劫堕红尘。春风竹院思前度。惆怅他生身后身。

悼朱生文光

他方羁旅愁千叠。家国情怀感万重。我亦藏身无住处。如何浅水走蛟龙。

得蜀中故人子女信口号

四十年前西蜀。恩情辜负何多。干戈丛里。死生离恨。处处闻悲歌。行遍天涯我亦老。海山回首南柯。大地还生春草。人间电掣风摩。

浮世泪婆娑。

有人以「再慰退休同袍四绝句」寄示，清新可喜，即和一绝，不足以言诗，聊当野狐禅语

代禋由来法自然。功成身退语非玄。尘心了净还真朴。让步英雄是散仙。

楚客来谈时事，戏以项王故事作俚语示之

从来予智自英雄。轻视书生是作风。一个范增留不得。岂能帐下养诸公。

示何风「婆子烧庵」公案颂

觌面相逢裸露呈。如何相外觅无生。三冬暖气

漫天雪。犹是今朝一段春。

忏摩

七十年来春梦尘。四恩未报客心惊。云山家国愁千结。未转金轮愧此身。

佛家语四恩者，即众生恩、佛恩、父母恩、国恩。

丁卯六月初旬深夜，治事方毕，取和朱璋筱戡世兄遥寄七十祝寿诗，不觉旧习复发，立成四律。甚矣，慧业之难除也

言寿方知奈老何。一生岁月尽蹉跎。飘蓬原似屠羊说。浮海何须叹凤歌。人误布衣干国计。

自怜带发苦头陀。深情多谢童年友。万里飞章敢不和。
浪迹生涯不计年。童真玩忽犹依然。短衣跃马轻如叶。信手批书狂亦颠。七十年更三大劫。八千里外一留仙。故人书寿翁呼老。方觉人间世已迁。
山河不改寿无凭。春草池塘故里情。潮退沙平渔放棹。日斜风暖牧归棚。寻常旧侣多异代。追忆童年悔此生。景物已殊人亦老。红尘梦觉倍心惊。

惭愧同门寄寿笺。顿然百感涌心田。气冲牛斗吞河岳。句入愁肠师味渊。风定夜阑人不寐。楼高林密月窥帘。蜀山浙水萦怀抱。况在重洋海外天。

筱戡兄乃先师味渊公之长公子，亦其入室之诗弟子也，放翁所谓父兼师者是矣，余不韵，且疏狂成习，一气呵成俚句四律，岂敢言诗，但抒怅触情怀已耳。

附录（一）

金刚经三十二品偈颂并白话

编者按：金刚经三十二品偈颂为 南师昔年于四川峨嵋山大坪寺掩关专修时一夕之作，然时经久远大半失忆。壬寅（一九六二）年七月廿五日于台北闭关时，乃重为补作，今并金刚经偈颂自话辑录如后。

第一，法会因由分

如经所云，佛于食时，着衣持钵，入舍卫大城乞食。于其城中，次第乞已。还至本处，饭食讫，收衣钵，洗足已，敷座而坐。此正说明本经述说释迦文佛住世教化之时，行极平实，更无奇特。一如常人穿衣吃饭，洗足敷座。并非云生足下，顶现圆光。

缁衣换却冕旒轻。托钵千家汗漫行。何事劳生终草草。蒲团洗尽旅途情。

第二，善现启请分

正当佛自安座事了，时有长老须菩提（华言译其名字，另一意义为善现。）即从大众中起而问法。问云：如来善护念诸菩萨，善咐嘱诸菩萨。若使有善男信女，发心求无上正等正觉者，应该如何住在此一初发自觉清净之正信心境中，应该如何降伏一切妄想烦恼之心。而本经所记佛之答语，极其有味，异常巧妙，但重复须菩提之问语云：如来善护念诸菩萨，善咐嘱诸菩萨。应如是住。如是降伏其心。初无加上许多说法。及须菩提长者唠叨不休，继续而说：唯然！世尊，愿乐欲闻。方引出以后若干经文，横说竖说，刹说众生说矣。其实，本经全部重心，在于善护念三字。无论圣人与凡夫，但能善护初心一念清净，则初发心即成正觉。苟善护此一清净正念，则往后文长，皆成剩语矣。

万象都缘一念波。护心那用修多罗。岩中宴坐已多事。况起多馀问什么。

别记：须菩提一日岩中宴坐，忽见空中花雨缤纷。问曰：谁人在此散花？空中有声曰：我乃帝释，在此散花供养尊者说法。尊者曰：我未曾说法。帝释曰：尊者以不说而说，我以不闻而闻。修多罗：即经藏也。

第三，大乘正宗分

正以凡夫众生，不能善护其善念，学佛中人，不能放下我证涅槃佛果，我在度人之相。则等同世间平人，人相、我相、众生相、寿者相，样样不能放下，同为大病。若放却此世出世间诸相，岂非是一个无事凡夫，逍遥自在，快乐无忧，行同诸佛。

四相初生四象殊。羲皇以上一无无。剧怜多少修途客。寿我迷人犹讳愚。

四相：我相、人相、众生相、寿者相。
四象：易称阴阳两仪生四象。

第四，妙行无住分

故佛于放下四相之后，乃说菩萨于法，应无所住，行于布施，令此心犹如虚空。所谓布施者，内舍放诸缘之相，法施众生，外施舍身心财物，以济众生是也。功高万世，不住功相。德侔天地，不著德相。方为真布施也。

形役心劳尘役人。浮生碌碌一心身。繁华过眼春风歇。来往双丸无住轮。

第五，如理实见分

到此又说，不可以身相见如来。故佛云：

凡所有相，皆是虚妄。若见诸相非相，即见如来。无奈言者谆谆，听者藐藐，殊堪一叹。

反复叮咛无相形。觉时恋梦梦恋醒。慈悲空洒长啼泪。沉醉心扉依旧扃。

长啼：佛说有一菩萨，悲泪众生愚迷，常在啼哭，故号长啼菩萨。

第六，正信希有分

因此再三叮咛，知我说法，如筏喻者，法尚应舍，何况非法。能生信心，以此为实。诚为希有之正信也。

金鸡夜半作雷鸣。好梦惊回暗犹明。悟到死生如旦暮。信知万象一毛轻。

第七，无得无说分

继而说明无有定法，名阿耨多罗三藐三菩提。亦无有定法，如来可说。所以者何？一切圣贤，皆以无为法而有差别。

巢空鸟迹水波纹。偶尔成章似锦云。得失往来都不是。有无俱遣息纷纷。

巢空：佛经称有巢空之鸟。

第八，依法出生分

于是提出持经说法之福德，无有自性之相

可著，其广博犹如虚空。故云：所谓佛法者，即非佛法，是名佛法。

锦绣乾坤似弈棋。人天福德枉成痴。原来佛法无多子。脱缚离黏说向谁。

第九，一相无相分

不但福德功勋犹如幻化，即如四果声闻，亦不能著意圆成。但了无相、无著、无愿之旨，可以当下释然一切经论教义之旨矣。

四果阶梯著意成。由来一念最难平。儿啼黄叶飘然落。诳捏空拳大小擎。

四果：小乘罗汉有四果位。黄叶：法华经有指黄叶为黄金，为止儿啼而已。又经称：空拳诳小儿，皆喻大小乘权巧之说法，不可著相也。

第十，庄严净土分

但应如此生清净心，如经所云：庄严佛土者，即非庄严，是名庄严。可谓明白晓畅之至。外我无身是大身。若留净土即留尘。燃灯吩咐庄严地。挂角羚羊何处寻。

第十一，无为福胜分

到此又复重申无为福胜，凡有为者，皆是世间尘滓之事，岂不当下爽然若失矣！万斛珠量斗富豪。江山无主月轮高。娑婆泪海三千界。争入空王眼睫毛。

娑婆：佛经称此缺憾世界为娑婆，即堪忍之意。空王：佛号空王。

第十二，尊重正教分

义如品名，不必拈提。

天人针砭一言师。尊敬方知无可疑。涕泪感恩拜未了。万缘放却只低眉。

第十三，如法受持分

乃知般若无知，法身无相，然后可以降伏镜里魔军，大作梦中佛事矣。

世界微尘沤沫身。悬崖撒手漫传薪。黄花翠竹寻常事。般若由来触处津。

第十四，离相寂灭分

于是重申玄旨，乃言：离一切诸相，即名诸佛。又说：离一切相，发阿耨多罗三藐三菩提心。实相即是非相。如来所得法，此法无实无虚云云。

优昙花发实还无。尘刹今吾非故吾。笑指白莲闲处看。污泥香里养灵珠。

第十五，持经功德分

义如品名，不必拈提。

跃马投鞭星斗横。一呼百诺作雷鸣。江山无恙渔翁老。何似灵山补衲轻。

第十六，能净业障分

义如品名，不必拈提。

业识奔驰相续流。茫茫无岸可回头。同为苦海飘零客。但了无心当下休。

第十七，究竟无我分

经云：如来者，即诸法如义。如来所得阿耨多罗三藐三菩提，于是中无实无虚。是故如来说，一切法皆是佛法。若菩萨通达无我法者，如来说名真是菩萨。毕竟还是要人自无我相，方与佛法相应。

抟空为块块非真。粉块为空空亦尘。罔象玄珠踪迹杳。故留色相幻人人。

第十八，一体同观分

经云：何以故？如来说诸心，皆为非心，是名为心。过去心不可得，现在心不可得，未来心不可得。

形形色色不同观。手眼分明一道看。宇宙浮沤心起灭。虚空无著为谁安。

第十九，法界通化分

莫以世间求福德之心而求佛法，是为至要。

浮图楼阁立中天。点滴功勋岂自然。倒却刹竿回首望。繁华散尽梦如烟。

刹竿：阿难尊者未见道时，迦叶尊者语其倒却门前刹竿著，阿难因此而入道。

第二十，离色离相分

经云：如来说诸相具足，即非具足，是名诸相具足。

形象由来不是真。都依心色起闲因。可堪举世痴狂客。偏向枯桩境里寻。

第二十一，非说所说分

经云：说法者，无法可说，是名说法。

为谁辛苦说菩提。倦卧空山日又西。遥指海东

新月上。夜深忽闻远鸡啼。

第二十二，无法可得分

经云：乃至无有少法可得，是名阿耨多罗

三藐三菩提。

多年行脚觅归途。入室知为道路愚。检点旧时

新衣钵。了无一物可提扶。

第二十三，净心行善分

义如品名，不必拈提。

镜花水月梦中尘。无著方知尘亦珍。画出牡丹终是幻。若无根土复何春。

第二十四，福智无比分

义如品名，不必拈提。

富嫌千口犹伶仃。贫恨身存似绁刑。何事庄生齐物了。一声青磬万缘醒。

第二十五，化无所化分

义如品名，不必拈提。

同为物化到娑婆。忧乐无端且放歌。钟鼓歇时魔舞散。悠然一曲定风波。

第二十六，法身非相分

经云：若以色见我，以音声求我，是人行邪道，不能见如来。

粉墨登场笙管浓。谁知槛外雪花重。推窗窥见清凉界。明月芦花不定踪。

第二十七，无断无灭分

经云：发阿耨多罗三藐三菩提心者，于法不说断灭相。

翻云覆雨雨成云。点滴如丝乱不分。冻作冰河冰化水。漫从光影捉斜曛。

第二十八，不受不贪分

经云：菩萨所作福德，不应贪著，是故说不受福德。

默然无语是真闻。情到无心意已薰。撒手大千无一物。莫凭世味论功勋。

第二十九，威仪寂静分

经云：若有人言如来若来、若去、若坐、若卧，是人不解我所说义。何以故，如来者，无所从来，亦无所去，故名如来。

安排摆布只为他。身外无心不著磨。若向画眉深浅看。迷人岂止髻堆螺。

第三十，一合理相分

经云：若世界实有者，即是一合相。但凡夫之人，贪著其事。

尘沙聚会偶然成。蝶乱蜂忙无限情。同是劫灰过往客。枉从得失计输赢。

第三十一，知见不生分

义如品名，不必拈提。

九霄鹤唳响无痕。泣血杜鹃落尽魂。谱到狮弦声断续。为谁辛苦唱荒村。

第三十二，应化非真分

经云：云何为人演说，不取于相，如如不动。又云：一切有为法，如梦幻泡影，如露亦如电，应作如是观。

衡阳归雁一声声。圣域贤关几度更。簑笠横挑烟雨散。苍茫云水漫闲行。

附录（二）

佛门楹联

编者按：佛门楹联廿一幅，乃怀师于戊午（一九七八）年中秋，南下高雄佛光山时，因星云法师之请，为大殿圆柱题字。北返后，当晚与诸学子谈笑之间，两三小时之内，信手拈成之作。

人生是梦　说梦那知仍呓语
世间多假　弄假谁能不当真

色即是空　空即是色　看的破而放不下
善有善报　恶有恶果　讲的好而做不来

殿上有佛　心中有佛　佛佛道同　心心相印
悟时非我　迷时非我　人人无我　处处圆融

生老病死苦　几个修行能免得

柴米油盐酱　多少奔波忙一生

求佛法于他方来世　无奈寻牛皆觅迹
问果报于生前死后　可怜贫子失衣珠

挥手出红尘　一卷金经　若坐若卧观自在
将心向明月　两间净境　不来不去法王家

佛是过来人　世味究如何　悟澈何妨常念佛
心非空有相　道情原若此　皈依还是本来心

如是我闻　信受奉行　几个真能做得到

着衣持钵　洗衣敷座　算来谁向此中修

山深林密　水净沙明　犹是法尘非大觉

风来竹面　雁过长空　何须清净觅真如

草昧洪荒　留得五岭山川　稽首星云开胜境

红尘扰攘　对此三台明月　照人甘露证禅心

诸恶莫作　众善奉行　此话人人只会说

有求皆苦　无欲则刚　奈何个个尽迷途

恩怨缠绵　如藤倚树　树倒藤枯留刻画

是非纷扰　若胶着色　色消胶化印空泥

三世因果　六道轮回　须是真心信得过

一灵不昧　四大本空　不劳禅静假中观

入此门中　清净但如初住地

饶他浪走　纷纭忽觉自回头

回首依依　酒绿灯红　歌舞繁华　大梦场中谁识我
到此歇歇　风清月白　梵呗空灵　高峰顶上唤迷徒

佛法是机缘　何须用德山棒　临济喝
禅门原淡泊　只有些云门饼　赵州茶

竹自空心　人要实心　绿竹猗猗宣道谛
尘世无常　修行须常　红尘滚滚证禅机

山长　水远　路转　林深　谁识得对境无情休问道

风吹　草动　月驶　云飞　那知是迷心逐物转凄迷

在山泉水清　出山泉水清　即是如来大乘道
有所谓也错　无所谓也错　安心本分祖师禅

月白风清　山还是山　水还是水　谁说禅门有别境
云行雨施　善有善报　恶有恶果　须知我佛在心田

体相用　变现法报化　三界三身　权实尽从分别起
空有中　俨然你我他　六尘六识　因缘那自问心来

附录（三）

联语、白话诗偈、歌词

戊戌元旦春联

满目云山绕杖履　漫天风雨走龙蛇

乾坤摇荡开春宇　日月光华丽性天

习静真忘疏礼法　论情可谅坐狂禅

河山每上眉头重　春色时增笑脸开

辛丑元旦春联

道业驰驱千载上　胸怀来往十方天

狂言十二辞

以亦仙亦佛之才。处半鬼半人之世。治不古不今之学。当谈玄实用之间。具侠义宿儒之行。

入无赖学者之林。挟王霸纵横之术。居乞士隐沦之位。誉之则尊如菩萨。毁之则贬为蟊贼。书空咄咄悲人我。弭劫无方唤奈何。

联语

上下五千年　纵横十万里

经纶三大教　出入百家言

海纳百川　鲸吐云霞开宇宙

天留席地　鸡鸣风雨拥书城

龙奋风雷开宇宙
鹏飞窅冥启东西

情多不惜眉拖地
慧业何妨书累人

白屋让王侯　门庭如朝市
黄金如粪土　恩怨等浮云

万里江山　一场春梦　我原过客

百年身世　半榻琴书　意在飞仙

白屋让王侯　座上千杯多名士
黄金如粪土　席前百辈数英雄

大业都从难里得
功名须自苦中来

检点一片诚心　进退修业
收拾两间正气　出入纵横

阅世五千年　求术者众　志道者寡
修行三大劫　感德者少　报怨者多

题孙思邈疗龙虎疾图

有药能医龙虎病　无方可治众生痴

梦登嘉定乌尤寺题

绝顶登临　明月澄波三万里
凌虚徐步　天风飞锡九千寻

基隆海港福泉庵

小歇岭头　看朝雾晚霞　天宇浑茫空色相
大休林下　观慈云法雨　波涛明灭去来心

基隆法严寺

佛法由灵鹫传来　梦觉七堵四念住
庄严自心田净化　天人三界一真如
山不在高　净行庄严为佛刹
安般守意　心空万法即如来

赠詹阿仁印禅联

似印印泥　印去泥空观自在
参禅禅悟　禅非悟得禅如来

语体白话诗偈

一

明月在高山。浮云指顾还。愿身化明月。光照白云间。

二

你说明天来。我说今日去。各说各有理。各走各的路。

三

今日又明日。明日又一日。日日说明天。明天非今日。

四

生从何处来。死又无明去。滚滚乱飞尘。身在红尘里。

白话小品

读书太无聊。古今中外。文人多少。只有一根肠。不是悲愁没好句。些微细节写千行。这便是文章。

道情

年少由来梦想多。壮怀又觉奈愁何。老来识透人间世。万事都缘自著魔。名利动。起干戈。

风涛险恶乱心波。古今上下三千界。刍狗生灵为恁么。

狂歌

沉醉经书数十年。茶铛禅榻且留恋。功名富贵莫愁天。心了了。事缠绵。忙中闲插手。闹里一溜烟。本是凡夫浪学仙。瓶花含笑。朗月调弦。销磨豪气故狂颠。

聚散歌词

桌面团团。人也团团圆。也无聚散也无常。若心常相印。何处不周旋。但愿此情长久。那里分地北天南。

错调西江月照浪淘沙

滚滚长江东逝水。浪花淘尽人渣。是非成败转头差。江山依旧破。回首夕阳斜。白发红颜留不住。管他春月秋花。漫言世事乱如麻。古今多少事。都是烂冬瓜。

聚散

南怀瑾老师词
杨 弦 谱曲

注：此歌为三月间与南师共桌餐叙后，众人围桌，先习梵呗，笔者随后顺众于席间唱演数首自作曲。南师一时兴至，即随手写出此首歌词，嘱予一试。回家后谱出此曲，本无定名，今暂名“聚散”以聊记同桌之缘耳。

佛心

南怀瑾老师词
依闻试作曲

编后记

众所周知，南师怀公道行高超，学识渊深，出入诸子百家、文事、武功，无所不知，为国之宝。尽管如此，对渺小的我们而言，只能从南师已出版的著作中，去体会一二，或从南师的生活行仪及语言般若中，略窥中华文化的精华内义。多少年来，我一直景仰着老师，也一直在研究、摸索着老师——这位现时代的大宗师——到底什么是他的意？他一生的思想和情感究竟寄托在哪里？语云：太上忘情，但我们心目中的南老师似乎却是多情的，而且多情得浑然忘我，小至人们身边生活起居的细事，大至社会新闻国家天下大事，广至外太空的新发现，他都无微不至地关心和注意。然而到底什么是南师情所独钟的呢？

两年前，有位老学长告诉我：「你要懂得老师，要去读他的诗，而且要同参禅一样，入乎其内，出乎其外，再三来回地诵读，或许才得有几分的共鸣。诗是南师的心声，诗也最容易透露一个人的见地、思想、情感的境界，南师的诗温柔敦厚的辞藻中，往往蕴藏着春秋笔法的微言大义，而且特别的空灵超拔，解脱自在，恍如仙音佛语，其声韵则钟声、鼓声、引磬声外，尚有梵天音响，非一般人力学可及，也非文人天才灵感所可达到。只能说是超音波的天籁声响聊以借喻。总之，要认识他，要读他的诗，参他的诗，才能悟他的意！」

哦，原来老师教外别传，拈花微笑外，还有这么一个秘密！

一九八五年夏天追随老师旅居华府近畿以

来，因常时与师共处，得侍左右，近水楼台先得月，只要老师有所新作，常能先睹为快，但见老师的文思如天马行空，气势磅礴，下笔如行云流水，洒脱自然，应念成文，不假修饰，而所成诗稿，但以遣兴，兴尽则止，故随笔随弃，亦毫不着意。反而是同学们常从书房的旧纸筒中，捡拾摊开那揉成一堆的纸团，如获珍宝地朗诵着老师的新作，每每以此为乐。后来因为台北的藏书已转运到美国，同学们打开了书箱，整理其中书籍时，意外地发现老师多年来抛弃了的旧诗稿。其中有些部分尚称完整，有些部分则只写在零碎的小纸条或旧信封的背面；或者题句在某些书本的边缘上。无论源自何处，这些零金碎玉的一鳞半爪，都让我们得以禅悦为食，法喜充满——饱受了眼福，因此私自许愿，要好好地一一分类整理，悄悄地寄回台北，委由老古出版，明年老师生日时，来给老师一个拍案惊奇的贺礼。

事情总是瞒不过的，这个秘密终于被老师发现了。这回可真幸运，并没有受到呵斥；老师只是很惊讶地说：「我有那么多的诗稿吗？」于是我们逗着他开心，间或一句或一首地朗读给他听，有的事过无痕，他似乎回忆不起，有的他听了好像欣赏别人著作似的，颔首微笑；有的却道，这句要改一两个字才好。这些诗词正好促使老师追忆起五六十年来的前尘往事，也就是他多年来置之脑后的历史陈迹，终于一一得以重新呈现，更可作为将来老师写回忆录的参考。于是我们就决心以编年的方式来处理这些诗稿。适逢禅定、宏忍两位法师从加拿大多伦多前来兰溪行馆拜谒老师，小住旬日，遂邀之共同编辑，还有陈运生（璞）同学在旁帮忙，清理誊录，才终于将此诗集初编完成。

早些年，在台北的时候，李淑君和陈世志两位学长曾经再三请求老师出诗集，老师推说：「那是将来的事，现在不能出。」有了老师这句话便封住了所有人催促出书的热情，以后大家也绝口不敢再提。如今，怀师身居异国，又经几番迁徙，除了心情和感受有恍如隔世之感外，也恐怕这些累积下来的诗稿，不整理出书，将来时过境迁，真的有散佚遗失的顾虑。所以这次当我们鼓足了勇气呈上初编的诗稿，向老师禀告「佛语有恒顺众生之愿，现在我等当愿吾师，随我等众生之喜好，应准允出版诗集，拜托！拜托」时，老师看着我们赖定缠定的可怜相，只好莞尔一笑，无可无不可地说：「我不是诗人，我的诗只是兴之所至，自己拿来发抒心情和思想的感喟而已。有时是作为个人经历的记忆资料。在我的写作中，少有对虫鱼鸟兽、山川人物缠绵悱恻的情怀，又在诗词中随意羼入理性的句子或佛道的术语。有山林羽士的『蔬笋气』，又有理学家们的『头巾味』，既不能创作新格，又不肯泥古不化，一无所是，只能说像禅师和尚们临机的偈语，你们觉得这样好吗？」最后，他终于同意了。我们也迫不及待地把它寄回老古文化公司，赶紧排版付印。

以上便是本诗集的编辑因缘，略记如上。另外老师流散在外的诗，以及有关现时代史论的诗，尚有多首，并未搜罗进去，并此为记。

一九八七年五月中旬李素美记于美国弗吉尼亚马克林兰溪行馆

检拾佚诗

丙戌北碚温泉赠别伍心言秘书长

今夜蜀山月。温泉雾里看。谁将两行泪。随世强悲欢。

丁未岁阑酬谢诸方贺柬

蠹伏书城倦送迎。忘机安稳偃心兵。庭前芳草春无尽。梦里湖山画不成。疏懒半缘尘俗累。劳愁多为故园生。青阳流转催除岁。白发天然又几茎。

己酉初夏寅夜书感

心扉难掩百忧生。寂寞银灯照眼明。已熟黄粱非昨梦。还虚丹室似天清。遮檐残月知更永。

堕叶飘风识夜声。故纵思潮为助伴。留身不寐待鸡鸣。

阅人回忆录有感

梦中说梦尽知空。感受当人各不同。话到辛酸心亦苦。听来陈迹耳边风。鸿泥雪印春何在。舟去波痕浪已融。叹息劳生徒碌碌。客尘烦恼泛千重。

庚戌暮春偶兴

睡起披襟意自如。吹春风软百忧除。放心悟觉人间小。寂灭时空世事舒。芳草闲阶馀本色。

松萝泉石犹宜初。新晴雨过花争发。一笑拈来化净居。

无题

不知寒尽又春回。闲坐书城愁已灰。欲唤龙天相共语。九霄鹤唳喜重来。

黄昏行

消愁每向市中行。聩闹何妨不动尊。一笑樽前看人物。可怜欢乐正黄昏。

赠唐树祥社长

漫将世事等浮云。懒卧如僧不入群。弹铗乞余还自笑。分金慷慨每多君。

无题

吾心何事常忧患。只为苍生感泪多。若使此情齐放下。更无遗憾看娑婆。

阅人来信偶感

满目风云怨望多。几人至此不蹉跎。吾来斯世无为也。坐对青灯奈若何。

壬子秋书感中日断交事

百年崛起海疆东。再度扬波计已穷。筹策每忘天下利。兴亡都在两田中。

图书在版编目(CIP)数据

金粟轩纪年诗初集/南怀瑾著述. —上海：复旦大学出版社，2017.5（2022.9 重印）
ISBN 978-7-309-12824-6

Ⅰ. 金… Ⅱ. 南… Ⅲ. 诗集-中国-当代 Ⅳ. I227

中国版本图书馆 CIP 数据核字(2017)第 029337 号

金粟轩纪年诗初集
南怀瑾 著述
出 品 人/严 峰
责任编辑/宋文涛

复旦大学出版社有限公司出版发行
上海市国权路 579 号 邮编：200433
网址：fupnet@fudanpress.com http://www.fudanpress.com
门市零售：86-21-65102580 团体订购：86-21-65104505
出版部电话：86-21-65642845
浙江新华数码印务有限公司

开本 890×1240 1/32 印张 8.75 字数 53 千
2017 年 5 月第 1 版
2022 年 9 月第 1 版第 3 次印刷
印数 7 201—9 300

ISBN 978-7-309-12824-6/I·1035
定价：48.00 元
